棚户区

仿佛童年
似乎爱情

走走 著

上海文化出版社

一九八一至一九九六年，我住在徐汇区嘉善路上的棚户区里。

我见证过这一区域内一家纺织厂的倒闭，那些年，受伤的棚户区；我见证过那里建筑的幽黯，在记忆与现实交错之间；二十年后的今天，我再次以文字踏访棚户区。我是一个从小生长在热闹、喧嚣、鸡犬相闻、贫穷却乐观的棚户区里的孩子，教会学校毕业的母亲究竟是怎样疏离与融入的？

棚户区于我，是难以表述的。它是我的家，却并非我的家园；那些带着浓重口音的近似上海话，表明他们并非正宗的上海人，但他们相比新上海人，融入得更为透彻与持久。我不能因为它曾经的贫穷而避谈或漠视。

整个青春期，母亲把我关在屋子里，我在窗后看风景。我离它那么近又那么远。

二十年前，我的邻居们陆陆续续从那片棚户区迁出，在当时看起来还荒凉的上海南站那里，他们重新建立了以汇城新村为主的"棚户区原住民社区"。对我来说，他们活动的新据点——上海植物园，是一个十分陌生的地方。但这二十年的时间足以磨掉我母亲身上所有的骄傲，她和那些曾经的女工们一起，买保健品，跳健康操，打太极拳。

"你总是在编故事"，我母亲说。过去是撒谎，现在是虚构。而每次我回家，看见被传销、保健品骗子骗得团团转的母亲，既想亲近，又想逃避。

也许我写下的，不会是一个传统意义上的小说作品。它所具备的真切情感，是散文式的，但它的叙述技巧与观察角度，仍有小说的尺度与追求。

其实，我今天在记忆中重构棚户区，既要面对心灵的距离，又要面对时间的距离，它更像生活的碎片，一方面显示出现实的凹凸感，另一方面，光芒也在人群的柴米油盐日常生活中闪烁。

目录 |

1981—1996

它貌似四通八达、曲里拐弯，却又峰回路转，条条小路最终只通向方向相反的两个出口。

一直到十八岁，去大学住读之前，我都住在徐汇区的一处棚户区里。那十八年，我从来没有与我的邻居们说过话。我无法具体说出，他们都长的什么模样。我常常站在玻璃窗后面看他们进进出出。有一次，左边邻居家最小的儿子突然抬起头，瞥了我一眼，我几乎一点思想准备都没有，那目光忽地从我脸上一扫而过，吓得我往后退了一步，腰撞到了写字台边上。

　　关于那户人家，我在我母亲的讲述中添入了很多自己想象的东西，但是，多年以后我才知道，现实远比我想象的更具有故事性。男主人和女主人都来自江苏盐城，他们先是买下了这处狭窄的平房，然后一有钱就开始搭建，到了一九九六年拆迁时，这户人家已经搭到了三层楼高，甚至比紧邻的纺织厂厂房仓库的围墙还要高出一些。男主人又高又胖，圆圆的脸上戴一副眼镜，顶上已经秃了一大块，一年里有三个季节都只穿一件白汗衫，看起来很和蔼，夏天乘凉时他总是对邻居们微笑，那是一种友好、快乐的微笑，但据说，这个码头工人经常关起门来打他的老婆。那老婆黑瘦，和人说话时语速飞快，任何时候都是一张凶悍、随时会发火的脸。他们一共生了五女一子。

　　就是在这样一个家庭里，那最小的儿子度过了他娇生惯养的童年时代，他比我大十来岁，日后成了这个棚户区里有名的小流氓。他只来过我家一次，是在我上学前，一个夏天的下午，他牵着一条狼狗走了进来。那时棚户区里还没有接上自来水，我母亲去水站打水，门开着，我一个人在床上玩。为了避免夏天暴雨后雨水倒灌进来，湿气浸染整个床褥，床是用砖头砌成的，比较高，也很坚固。那条狗对着我吐出了舌头，在他的示意下，它的前爪轻盈地搭在了床边。我爬了起来，一直往后退去，背部紧紧贴在了墙壁上。如果那时有一架相机，按下快门，那将是一张非常有趣的照片。它将是黑白的，屋子里比较昏暗，所以看起来，也许会误以为已经到了黄昏。女孩的脸因为岁月的缘故，有些模糊了。这种模糊产生某种飘浮的效果，在那个瞬间，恐惧因为模糊而变得失真。女孩既没有哭，也没有喊，她甚至没有说出一个字。这照片单方面记录了大男孩的快乐。这快乐本身，成了一种乐极生悲的象征。

我再次面对面见到他时，已经是一个年近三十的女人，而他也结束了七年的牢狱生涯，跨入了中年人的行列。我从来不感到自己怕狗，只是某种小小的忧虑，看见它们，就会远远走开。

据说，整个棚户区建造在一片乱葬岗上。我的编辑看了这篇文章后告诉我："原来你以前住在我现在经常走过的地方啊。那乱葬岗，好像是回民公墓。肇嘉浜路周边以前很多回民，所以那个明珠大饭店造在那里，还有，'清真路'也是因此得名的。"而我对此却一无所知，我写下的，只是我熟悉的那一些。

它貌似四通八达、曲里拐弯，却又峰回路转，条条小路最终只通向方向相反的两个出口。小路的两旁，这里那里，总有一些很长时间都无人问津的遗弃物。我记得一只玫红的塑料袋，它慢慢变成没有一点光泽的淡粉色，就像一片被热水泡过的玫瑰花瓣。而墙根下的泥土，总是潮湿，生长着绿得发黑的青苔。我还记得一个肥胖的老人，经常坐在自己家的房子外面，坐在那片阳光照射的空地上，敲小核桃吃。

清晨，家家户户拎出一只煤饼炉子，烟虽然不多，却能遮住生炉子的那位眼前的视线，要抬头，眨上好久的眼睛，才能看清楚天空的颜色。灶披间都是自行在屋外搭出的，白墙经过不断的烟熏火燎，变得黑乎乎的。逢年过节，会有一些饱满、健壮的鸡鸭先被关在灶披间里，它们面无表情地待在那儿，不时叫上几声。午前，人们过去，卡住一只的喉咙，引起一阵骚动。

我家在嘉善路五二六号。向右一转，是条平坦宽阔笔直的大路，通向肇嘉浜路。路面上，常常残留着某只死猫的碎片，这是来往的卡车经过时车的轮胎碾压后的遗存。路的两边是纺织厂的厂房。只要沿着这条路走上十分钟，就能看到绿色的林荫道。在那里，男人们下棋、打牌。周末的中午，在家里吃完饭喝过一点酒，父亲就骑着自行车出发了。那是辆旧车，在棚户区里的台格路上碾过时，会一路摇晃着发出"咯啷咯啷"的响声，每次我坐在书包架上，就觉得自己是坐在起伏的波浪上，父亲躬起的背也夸张出了一种艰险。

如何从一条臭水沟变成林荫大道，整个改造过程，曾经是我的一篇小学课文。大道两旁的园子杂草丛生，种着色彩斑斓的花儿，高高的大树挨挨挤挤，树干上的枝桠彼此交织在一起，密密实实，投下一大片柔和的、凉而不寒的阴影。不能说毫无遮掩，但即便对一个学龄前的孩子，那些栅栏也不构成什么障碍。现在再回忆那些园子，那些杂乱，是多么的和谐啊。仿佛是一幅简单的油画，缺乏精细的加工，不完美，但却质朴、清新，甚至隐含着某种神秘：比如那些树根下美丽但据说有毒的蘑菇，那些忙碌的大黑蚂蚁，如果你让自己变成一个孩子，趴在地上，你会发现，地下的那个仍在延续的社会，似乎比地上你所生活的那个，更加古老。

在那些长得过于繁茂的花园里，我曾经仔细地观察过四季的迹象。但如今仍然深留印象的，却是那些饱满但乏善可陈的蒲公英。我一定吹过数百朵，它们实在是太常见了。阳光下，它们从明媚的金黄很快变成褐色的种子，绒毛松散开来，很快就失去了花的美感。它们是否象征着什么呢？在它们的周围，是一片艳丽的环境，它们如此笔直地长出来，完全不醒目，保持着自身的形状，用一种特有的方式努力传播自己。

夏天，每年的台风季，有那么几天，林荫大道会变得非常惹人注目。大风将长得过于茂盛的树枝刮落，它们倒在水洼里，远远看去，好像整条小道变成了林中的小溪。树叶和污泥，使路面看上去黑黑的。有时一段粗壮的树干，整个坍塌下来，在阴沉的天色衬托下，变得浑浊，我在里面小心地行走，觉得自己走在一个狭长的孤岛上。

只要有植物在自由生长，风景就会不断产生变化。

从我家走到平江路上的小学校，慢慢走一趟大概需要二十分钟，因为中午回家吃饭的缘故，一天要来回四次，但是，走在这段林荫路上，总会有新的感觉。花在变，蝴蝶在变，我见过的那些人，也都在变。春天，经常因为一只蝴蝶，我被老师罚站在教室最后一排。我想我肯定看见过黑色的大蝴蝶，尾部闪耀着黄色的斑点，它孤零零地停在一片花瓣的边缘，我的目光不由自主地被它吸引过去。大概就是在那时，我有了一种朦胧的愿望，希望自己能有一个花园，蝴蝶能飞进来，停上一会儿。后来，为了达到这种效果，我央求母亲在屋子前面砌了一个很大的花坛，那块空地，她本来是想盖个卫生间的。花坛里种了一棵无花果树，一些一串红、鸡冠花、太阳花、月季花、凤仙花、人参花。只要我凝神看着这个花坛，我就能忽视它置身其间的整个环境，它们是独特的，我的植物。

在这个花坛里，我种下过一些栀子花，花瓣洁白硕大，散发着浓郁的芬芳。但是只过了一个夏天。因为小虫子实在太多了，密密麻麻的。我母亲忍无可忍，秋天的时候就把这些植物移到了林荫大道上的花园里。我种过的那些栀子花成了我唯一种过的栀子花。我还记得早晨将它们剪下时那一声清脆的"咔嚓"。从花的梗茎部位剪，用水轻轻冲洗后，插进玻璃瓶里，然后，看着它们死去。

在那条绵延几站路的林荫大道上，我看到过很多带着颜料、画笔和画板的人，他们长久地凝视着眼前的这些，然后安下心来，专心致志地描摹出一幅风景画。那些画，我不想称它们是创作。他们固定下来的景色，使我的记忆变得不再神秘，使那片已然不复存在的风景变得廉价而轻易，好像人人伸出手，就可以去感受去触及。这也许是我选择文字的原因，文字不会让一个物体变得实实在在，也不会让一件事情变得人人皆可参与。而在这篇文字里，我生活过十八年的棚户区将作为一个完整的地方，存在下去。它将永远不被铲平。

几年前，为了拓宽车道，肇嘉浜路缩减了绿化地带，那些大大的、可以打滚的草地不见了。窄窄的一条，看上去是那么不真实，那样的纤细，无论哪一边的汽车转弯一碰就会撞碎似的。自然变得脆弱时，孩子的乐趣就消失了。虽然还有林荫路的影子，但林荫大道所曾经具有的内涵已经荡然无存：没有古玩邮票市场了。没有老人在遛鸟、锻炼身体。没有闲人打大怪路子。谈恋爱的男女朋友，也许还有那么一些……

在很多方面，我都与棚户区里那些和我同龄的孩子们不同。他们缺乏一种我从书上看来的美。从他们的身形，到他们的衣着，都有一种粗糙。他们中很多人的牙齿很差劲，不整齐、发黑发黄、早早就被虫蛀了。我母亲说，这是因为他们的父母没有严格督促他们睡前刷牙的缘故。我母亲对我的外表曾经狠下过一番功夫。那时人们一周洗一次头，星期五做饭时，母亲会将淘米水留下，装在一个盆里，一直放到星期天下午，让它自然发酵，然后用来直接替我洗头。她说，那样洗出来的头发才会变得又黑又亮。在那些年，我的头发确实很黑亮。

虽然棚户区孩子们的长相各有特色，但他们要么长着一张受人欺负的脸，要么长着一张欺负别人的脸。在我读小学的班里，就有这样两个男孩。受人欺负的那位，个子很高，长着一个橄榄一样尖长的脑袋，头发很稀。他总是在流清水鼻涕，整个样子倒并不邋遢，但是那些往下挂的鼻涕看起来无比沉重。当他的铅笔盒被重重摔在地上的时候，就有一个皱紧眉头的表情出现在他脸上。我从来没有看见他哈哈大笑过。母亲告诉我，他的父亲在菜场卖鱼，傍晚收摊回家后就开始喝酒，会因为一些小事，将他吊起来用皮带抽打。在棚户区里生活，是没有秘密可言的，人们彼此注意，每个人都议论别人，也被别人议论。我在家里就听到过种种议论。"他妈妈不帮他吗？"我问。母亲摇摇头。被吊起来打，这是一幅多么恐怖的场景，难怪他在学校，能够一言不发，只是沉默地忍受着。下一次跟着母亲去买鱼的时候我盯着那个男人看，看不出粗鲁，也是一个长脸长脑袋，脸上布满了皱纹，在我母亲付钱时，一个微笑及时地出现在那脸上。

欺负别人的那位，个子倒是很小，但全身都散发出一种激烈、顽皮、粗野的气质。在老师进来之前，他总是把自己的脚踩在他旁边的座位上。我记得他的同桌是个小姑娘，家住在枫林路，她温和地站在自己的座位旁边，不吵也不闹。上课铃响了，男孩拖延着，最终主动把脚放了下去。

每天早上七点多，我们几个棚户区的孩子就离开家，步行到小学去。我们朝着一个方向走，我们都在肇嘉浜路长长的树阴下走着，但互相之间并不说话。

一天下午，就在那林荫道上，走在最前面的小个子男孩忽然蹲下身去，地上躺着一只麻雀，应该是受伤了。他用两只手一拢，那只鸟就到了他的手心里。高个子男孩经过他身边时，他得意地举起手里的鸟给他看。"你看，我随便一捏，就能把它弄死。"

友谊的形成，有各种奇特的开头。那天以后，这两个男孩出人意料地成了好朋友。那天接下来发生了什么？我只记得其中一个喊了我的名字，我瞥了他们一眼，高个子男孩似乎正用拇指和食指，很缓慢地轻轻滑过鸟儿的头部。但他们没再说什么，我就继续往前走了。

在这一片棚户区里，还有几个人们称作戆大的孩子。我家斜对面就住着这样一个，那是一个胖胖的小男孩，长着一个和身体相比显得纤细而瘦小的脑袋，他的父母总是让他穿颜色醒目的衣服，有时候是橙色，有时候是红色，他的五官是那样的疏淡，眉毛、睫毛、头发也都稀稀拉拉的。他在家门口走来走去，看起来没精打采、懒洋洋的，但他并不沉默，嘴里总是嘟嘟哝哝地说着什么。

两年以后，种在我家花坛里的无花果树开始结果了。我母亲一直很细心地照料它，为它修剪、整枝、施肥，它的枝叶是如此繁盛，而那些青色的果子，就像是给予生活的一种惊喜，但是那些果子对于我来说，太甜了，我不爱吃它们，更爱像欣赏一幅画那样欣赏它们。一天，我的父母都不在家，我从阁楼的窗户后面，看见那个智障男孩向我家走来，他看着那棵树，然后毫不犹豫地，开始用力摇动它。

不久，一个女人在他身后出现了，她先是大喊了一声，然后飞快地抬起头。我把身体隐到了窗户边上的墙角处。她再次看看那棵树，然后试着，想拽下低处的果子。很难。那孩子又开始用力摇了起来。女人回到了斜对面的小屋里，很快搬出一把梯子，她把梯子靠着花坛放好，迅速爬了上来，开始从树顶上摘果子。她的视线和我的齐平了。她呆住了。隔着窗玻璃，她对我喊了句什么。

很快，她和梯子就都消失了。又过了一会儿，我听见楼下的房门被敲响了。我打开门，女人递给我一个有漏眼的篮子，里面装着一些无花果。它们湿漉漉的。她对我说了些什么，我完全不记得了，但我记得她把篮子递给我的那只手。那只手非常瘦，晒得黑黑的，青筋暴露。

　　我一度以为，我进入平江路小学，在那里读了五年书，仅仅是因为地区对口的原因。这个棚户区使我们之间发生的联系仅仅到小学毕业为止。我母亲刻意把我培养成一个优等生，一年级我就怀有当作家的远大志向。在班里，我和他们几乎处在两个极端。后来我考进的是当时的市重点，永康路上的市二中学。然而，直到我考进复旦大学，我仍是一个棚户区的孩子。我住在这间简陋的小屋里。在市二中学的七年里，我发现了和我相对立的另一个极端，他们来自太原路、五原路、武康路、康平路，他们富有，拥有特权，而我正好与他们相反。

　　在我进入社会以后，偶尔我会想起那些和我同龄的棚户区的孩子们。他们应该和我一样，在这个庞大的城市里努力安身立命。事实上，即便是让母亲引以为豪的我，也实在乏善可陈。没有人会给其他人留下更深刻的印象，而且这一点也不重要。每天，我们从一条条马路上走出来，搭乘地铁去完成自己的工作，然后再搭乘地铁，回到自己的马路上去。我们出现，我们消失，我们不过是一个姓名，一个手机号码，到了月底，面对一些账单。我突然有点怀念起棚户区，在那里，人们视彼此为同类，即便我那清高的母亲，也非常了解自己的邻居们。

　　生活在继续。二十年前，我努力去接受去面对的，成为我今天创作的素材。如果当时我也住在那些漂亮的大房子里，我会成为怎样的一个人呢？与棚户区的那些联系，并没有成为创作中的障碍，尽管因为那些联系，我变成一个敏感的人。在那时的写作课上，有时我会隐瞒棚户区某些方面的情况，但有时，也利用这个合适的素材进行煽情。我经历过一些恶意的捉弄、嘲笑，时间在失望和痛苦中不停向前，慢慢地，我对我的小房子产生了一种深深的同情感，一种旁观者的同情感。它为什么会处在这社会的底层同时又在这社会的中心地段？大隐隐于市，我想它真正做到了远离尘世。我感觉与它越来越相似，一下课我就急着回家，回到这片可以给我提供保护的地方。

整体拆迁之前，我一个人来到这里。那时我还没有适应新公房的整齐和南站的荒凉。也许那时我理所当然地认为建筑就该是那样的，古怪、粗糙，每幢小房子都不太一样。那难道不是一种哥特式的童话氛围？我花了很长时间，在整个棚户区里兜了一圈又一圈，一次又一次经过那些光线幽暗的小路。那些低矮的建筑，没有一幢是在同一个高度，地势也有些坡度的变化。有的小屋只是一个单间的屋子，有的却有一个高高的老虎窗。有的白涂料尚新，有的墙面已经脱落，露出了里面的灰砖，就像一块块抽象画似的。从那些凹凸不平的疤痕里，长出几根杂草。

很多年以后，我暗恋上一个人。那些夜晚，我总是为是否要告诉他而把自己折腾得筋疲力尽。那时我租住在永嘉路上一处老房子里，距离曾经的棚户区，不过一条马路。有天晚上，我在恍恍惚惚中开始做梦，梦里我回到了儿时熟悉的棚户区，在那些小路上缓慢走着，感到一份安全和踏实，白墙与黑瓦，家家窗户下种着太阳花，那些小小的鲜艳的花朵，它们蓬蓬勃勃，充满生机，我被感动了。在我转过一个角落时，我看到我暗恋的那个人，正靠在墙上看着我。

这个梦让我醒来后有些愉快，也因此想起了很多小时候的事。

小时候我经常因为扁桃体发炎而发烧，不用去学校，可以一根接一根吃果丹皮，把小半包肉松拌进白粥里。发烧时，人的正常感觉似乎被蒸腾得极为轻薄，自己的声音变轻了，噪音却又异乎寻常地清晰，并且渴望着全身出汗，因为那样可以看见母亲高兴的表情。长大以后，我很少再发烧，却常常头疼，疼痛消耗着我对所有事物的耐心。几乎每个朋友都劝过我，让我放轻松，过一种没有压力的生活。事实上，我从未感到自己紧张、劳累过。确实，激情不再，但也不致压抑。有一天，我在一本名叫《睿士》的男性杂志上看到了这样一篇文章：在城市的上空可以目睹什么？在温州，有一群借助动力滑翔伞的"鸟人"登云升天，俯瞰大地。如果当年，有这样一把伞把我带到天上，使我从空中看清楚自己生活了十八年的地区，俯视这一片城中村般的芜乱，我会真正失望吗？也许我很早就开始了紧张有压力的生活。工作多多益善，希望做得更好的那些情绪，似乎很早就变成了一个个小突起，堵在我的大脑里。我记得，当我从一身大汗中醒来之后，总是会感到浑身无力，但脑袋却恢复了清醒。而现在，在那些面貌千篇一律的屋子里，我没法再像个孩子似的，所有的压力也没法再变成发烧。

十多年过去了，我离开了棚户区，离开了这个都市中心的贫民窟，却并未找到心中的理想之地。

我再次面对面见到左边邻居家最小的儿子还是在一个下午。我这一次看见他，一开始，和第一次一样，也是模糊不清的。第一次，我看见的只是那条狼狗，他站在那条凶恶的动物旁边，站在我们家狭小的空间里。我几乎没有看清他的脸，我低着头，踮起脚尖，我的目光还没来得及去注意他时，我母亲就愤怒地让他出去了。我倒是很清晰地记住了他的笑声，那笑声真是快乐无比，因为被我母亲打断了，尾音一串出乎意料的呃呃呃呃。

他再次引起我的注意时我已经是个高中生。因为"严打"，这个负责望风的小喽啰被判了七年。他和他父亲一样，一年中有三个季节只穿一件汗衫，只不过他那件是红色的。夏天时他从外面回来，戴着一副蛤蟆镜，过一会儿摘下墨镜，我看见一张酷似刘德华的脸。我心里先是一惊，随即就把身子藏在了窗帘后面。

那天，我搭乘地铁一号线，从上海南站出来，四下里看着，期望能找到一辆摩的。差不多走到路口拐弯时，我一眼瞥见了他。当时，他正跨骑在自己的摩托车上，摩托车停在没有任何遮挡的一片阳光下面，在他的一侧，另外几个摩的司机正蹲在地上抽烟。我向他走了过去，完全忘记了母亲曾经的担心。他戴着头盔，但没戴墨镜。他看着我，用指关节轻轻敲着车身。这个动作，可以理解为是一种无所事事的紧张，也可以理解为是一种善意的邀请。我坐到了他的背后，他的背部很宽，红 T 恤绷得紧紧的。我一直觉得，只有棚户区出来的混混们才喜欢包紧自己的身体，这其实是在满足他们自我欣赏的愿望。

"你很少回来。"他说。

"天气冷的时候，就不会打摩的了。"我回答。

到家以后，我从母亲那里听说了一些有关他的故事。因为拆迁，他分到了好几套房子，但他很快开始吸毒，最终还是和他父母挤在一套两室一厅的房子里。一个人是否吸毒，与他的生活环境，与他自己，他的过去，他的生活或他的期许有着怎样的关系呢？他会把自己度过的那些夜晚命名成抑郁吗？他眼中的快乐又是怎样的呢？我想到刚才，把我送到后，他坚决不肯收那五元的车费，这是欢迎我的一种表示吗？

"你认得我是谁吗？"他脱下头盔问我。我点点头，甚至他的名字，我都还记得。

这些年来，我住过好几个地方，楼层越来越高，房间越来越大，而随着房租越来越贵，我几乎不再看窗外的景色和经过的行人了，对周围的一切也变得熟视无睹。环境被遗忘了。看见他，我突然想起了那些站在窗后的日子。曾经我是那样一个爱看闲事的人，而窗子后面，是一个多么理想的隐蔽处。站在那扇窗子后面，我看见对面屋顶上那些长得很高的杂草，我长久地看着它们如何随风倒伏，又在风过之后恢复直立。我看见野猫飞快地蹿过，毁坏了一些瓦片。我看见麻雀跳来跳去，寻找着自己爱吃的东西。而那些带分叉的竹竿立在地上，晾衣绳上，衣服飘来飘去。我看见英俊的他跨坐在自行车书包架上，和一群年轻人抽着烟聊着天。

母亲说，他很喜欢结交朋友，可惜那些朋友都是"不三不四"的。因为那些人才能肯定他的价值。他的那些朋友，他所有的社会关系，别人对他的肯定，都来自那一大片棚户区。我想如果他可以留下，他肯定不会离开那里。那里才能让他感到安全。而我选择早早离开，我想以我自己的方式实现各种理想。我们的生活不会局限在这里，我的母亲从小这么教育我，但我最终留在了某一处房子里，却还梦想着自己是在别的地方。

在我写这篇文章的时候，一次午间休息，我和同事聊起了棚户区。她告诉我，曾经上海每个区都有这样一片。她小时候住在卢湾区，那里的日晖港曾经是运粪船起锚归航的地方。她家则住在卢湾中学附近。"同样一碗牛肉面，在我家附近，和在日晖港附近，那价格可不一样。"

上海人曾经很强调"上只角"、"下只角"，这种对地域的爱恋是有些年头的、陈旧的，源自殖民时代的辉煌租界时期。那些房子、树，是人们承袭来的，强大的家族背景和繁荣本身，早就从内部开始衰退。然而外部依旧、一直，主宰着审美。房子真的能让人摆脱粗俗，带人进入上流社会？那么我的敏感又是从何而来呢？靠大量的阅读、知识积累、欣赏力的提高所培养出来的特质，是为了在什么样的地方扎下根来呢？

我告诉我的朋友们，我很怀念当年的棚户区。他们嘲笑我"做作"。

"如果棚户区里的居民像外地人一样，有一种上海人一听就知道的发音区别，估计你就不会怀念了。你会终身为了不发出棚户区音而奋斗。"

我想他是对的。

"那么为什么我会经常想起那间小屋呢？"

"因为你是一个随遇而安的人。"

确实，就像蒲公英一样，当我在一个地方生活一段时间后，我就会爱上那个地方，也许我爱上的，只是那些不断变化的景色与人事。

比如，棚户区真正吸引我的地方，是在那里生活着的人们，他们的精神状态。虽然暂时处在社会的底层，但人们仍然凡事都认认真真。每个人都不想被其他人愚弄，尽管这种滋味，他们经常会感受到。在嘉善路菜场待一个上午，会让意志不够坚定的人身心疲惫不堪。卖出去的每一斤菜，都被较真过。如果让我用一种颜色形容棚户区，我会想到的是老菜皮的颜色。每天下午菜场收市前，就有很多人来捡拾这些不值钱的菜叶子。这种发青发黄惨淡的颜色是棚户区即将死亡的象征，但如果用指甲深深掐入，汁水却仍然算得饱满、新鲜。因为水分是慢慢失去、渐渐变干的。对棚户区而言，如果换一种更加鲜艳的、充满生活热情的色彩去形容，那很可能反而是一种嘲弄。人们不是在乐观地生活，而是在努力地生活。

即便如此，人们仍然能看到许多美好。坐在屋子外面就能晒到的阳光，不远处的肇嘉浜路林荫大道。

一九九六年，我离开了那里，告别了青少年生活，来到大学。我想我必须去做一些特别的事，我开始从童年生活中寻找写作的素材，并成了一名写作者。在我努力完成的那些作品中，我先是坦承我自己真正的生活经历，然后开始刻意忘记，我自欺欺人地告诉自己，那才是创作。

发生了这样或那样的事情。发生了许多事情。在此期间，曾经生机勃勃的棚户区变成残骸，彻底消失。

就在一星期前，《上海文学》的编辑问我，愿不愿意写一篇关于上海的文章。我突然再次想起了棚户区。也许只是想方便写作，那天下午，我沿着陕西南路朝肇嘉浜路走去。一路都是时尚小店，初秋天气，不冷不热，在这种环境下散步使我的心情十分地愉快。我突然觉得，也许我真的永远摆脱了那里。

现在，需要想象，才能再次回到十八年前的那种心理状态。恐慌。在棚户区里生活的大部分人都开始恐慌。那种我如今已经差不多完全忘记了的恐慌。人们纷纷面临下岗。每天我都想逃避大人们的眼神。他们都没有什么钱，缺乏才能，只会重复一些动作。从前只需要晚上才回去的地方，如今只能整日待在里面。棚户区里的房子，光线都不太好，一到秋天、雨季，就会变得非常潮湿。那时我就害怕有一天，当我的家人希望我能养家糊口时，我却失去工作，没法给他们任何经济上的支持。

所以我努力学习，想方设法通过考试离开。我选择写作，目前看来，这条路似乎并没有走错。虽然经济方面，并没得到太多，但却实现了某种更重要的人生意义。有多少孩子像我一样，在十五岁时担心自己未来一无是处或失去一切，渴望到其他地方，过上无忧生活？

一个人，如果从不担心自己的未来，从不担心等以后年岁大了，干不动了该怎么办，认为总会有他的安身之处，我想，他一定不是来自棚户区。

我的编辑看完这篇文章的初稿后告诉我，"看了这篇，想到你小说里一贯的那种疼痛的来源……"有时，你想保存下一切记忆，有时，你又想把一切记忆统统清空。

如今，棚户区是见不到了。在现在的建国西路陕西南路上，是高高的"梧桐花园"。人们提到那里的时候会说："环境真好，梧桐树全部覆盖了整条马路。"那几幢高高的建筑物将我曾经的生活痕迹完全消除了。我的一位女友，结婚后就住在那里，后来她面临离婚，她那提出离婚的丈夫是个有权有钱的人，就像经常发生的那样，对另一些更年轻貌美的，很有吸引力。她开始整夜睡不着。由于担心自己想不开，她请我去陪她住上一段日子。我又回到了那里，照顾她，同时听她讲她的生活。

我开始重新观察那块区域。人们开着车来去，保安板着脸，看不到一点幸福和满足的神态。那些保安，一脸可怜的或卑微的样子，尽管体格健壮，穿着笔挺的制服。他们并不比我那些早年的邻居们更体面。更让我惊讶的是那些高楼中间，那些有钱人居住的地方，尽管也有绿树，但却根本没有一个像样的花园。我见过一两个男人拿着水管对着花坛浇水，但我想，他们内心里，并不需要土壤、树和花。

我的女友告诉我，她请来的风水先生说，这个区域阴气很重。据说几年间发生过几起跳楼自杀事件。我想告诉她，这里，从前确实是一片乱葬岗。但我什么也没有说。她的离婚判决书下来之后，我陪她一起搬出那里。就在那天傍晚，我看见了一只小野猫，它是黑花的，它沿着楼下的花坛兜了一圈。它懒洋洋地走到了我面前，我看见它浑身脏乎乎的，然后，它沿着花坛向相邻的另一栋建筑物走过去，但突然，它掉头，向着大门口一溜烟跑开了，尾巴上下弹跳着，我想它清楚，它应该离开一块不属于它的领地。

那天下午

在那天之后，有多少次，我藏在被子底下，祈祷魔法能把我变得不再存在？……也许，真有那么短暂的一瞬间，我认为自己真的不在那儿了。

嘉善路曾经是条宁静的街道，它嵌在肇嘉浜路与建国西路中间。通往肇嘉浜路的那一段，之前的厂区，现在的尚街 loft 时尚街区，是整条嘉善路最宽的地方。整个八十年代，那段路上几乎没有什么树。过了那一段，路更像是小街，分岔、错落。第一个岔路旁，有座小房子，那里就是我家了。

一九八一年春天，我被带到那里。我的母亲从我的脖子上取下一张卡片，上面有我的生日。二十岁时我的家已经被拆迁到了上海南站，一天晚上我回家的时候，有对中年夫妻候在那儿。他们的开场白很短：我是他们的女儿。

三岁之前的事，我一件也记不起来了。

知道自己是被领养的，是我十岁那年。我没吱声。有天我跟着班上的男同学逃课，去了郊区的寺庙玩，黄昏时才想到要回家。因为慌乱，公共汽车没坐到站就下了，离家还有一站路。夜幕即将降临的时候，我一个人拖着书包在肇嘉浜路林荫大道里走，后来我开始奔跑，书包盲目地在屁股后面颠动着，前方已经陷入昏暗，两边的树也只有轮廓隐约可辨。我跑出街心花园，看见我母亲站在路口。在我们回家的路上，她的拖鞋啪嗒啪嗒，一直有动静。我抬起头又低下，不想与她对视。她打开门又关上，屋子里只有我和她，她又一直没说话。我觉得，她肯定马上就要扑向我扇我几下了，就像那鞋子一下一下不断拍打着地面。但她只是向我点了点头。逃过一顿打使我松了口气。

很多年以后她解释，告诉了我真相的邻居找她说了说，她因为害怕我从此离家出走而不敢对我大叫大喊。害怕使她忘记了惩罚我，第二天一早还去菜场买来一只鸡。杀鸡的地方就在门一侧的空地上，鸡脖子那里流下的血滴进搪瓷碗里，泛着油光。我站在一边看，等着收集鸡毛，好做成一只毽子。鸡毛轻飘飘地落下几根，粘在地上。

为什么邻居要在那一天告诉我那些事？就因为我在放学路上推了她孙女一下？我记得我一边听一边手指在口袋里划拉，没摸到一分钱。三分钱就可以买一小包盐津枣，但我似乎从口袋缝里摸到了一粒。我将它抠出来，小心地捏到另一只手里。"你和我妈去说。"我对那老太婆大声喊。

"是吗，真好玩，我终于和别人不一样了。"剩下我一个人在阁楼上时，我对自己小声说。我从小圆镜里端详自己，看到了自己的一头鬈发。"天生鬈的头发，前环金后环银。"十年后一个自称是我妈的人这么对我说。但是那一天，我只是诧异地看着镜子里的自己。我还翻出了我母亲的照片，用笔在其中一张正面照上画了画，只想看看我们有什么不同。我想告诉谁。我用指甲掐自己，因为我不由自主地想笑但是我又很想有一副悲痛的表情。

最后我站到了窗前，将窗户向里打开。窗前立着一棵无花果树。窗户外面我母亲竖着钉了粗粗的木条。过去我总是爬树，从阁楼窗户翻进屋子。观察那些木条和思考自己的离奇身世之间，立刻产生了一种不可思议的默契。于是我的表情渐渐消失，就这么站在窗前。

望出去的窗外是我家对面的两间房子。和我视线齐平的那间阁楼，未来几年我将常常偷偷凝视。我的书桌就在窗边，一直到高考前，我经常将脚搁在书桌上，人向后仰去，来回摇动靠背椅，打量着对面的那扇窗户。那里有一个黑色头发的男孩子，比我大八岁。他被叫来辅导我数学的时候，我听母亲的话，大声叫他"向哥哥"。在他面前，我总是像小孩子一样乐于献宝。我喜欢拿所有水果糖出来，递给他，而他每次都会在接过一颗时说"谢谢"。

"他怎么不去考大学呢？"高考前我问自己。我那时对技校生还没有什么了解。他从岔路那头走来的样子像是跳着舞步，和他相比，左边邻居家那个最小的儿子，壮得都有点笨手笨脚了。

那天我的视线飞快扫过他住的阁楼，极目远眺起来。在岔路的另一头，是一家经常雾气腾腾的棉纺织厂。这会儿我百度了一番，才知道那是上海百达针织厂的后门。门卫默认我们这些邻居混进早班下班的工人中间，去那里的澡堂洗澡。大学毕业后，我进了外企，开始在外面租房子住，我对租赁房的唯一要求是，得有个像样的浴缸。我喜欢先清洗自己，再刷干净浴缸，最后放上一缸水把自己泡在里面。那些年，我甚至发明出一种心理疗法。想要忘记什么事的时候，就把浴缸塞子撬起一点，水流得很慢很慢，我闭起双眼，想象那个不愉快的部分，已经随着流水很慢很慢地流走了。浴缸里的水越来越少，感到冷的同时重新感觉到自己。可惜的是，租了十几年房子，所有浴室的窗子都是雾蒙蒙的磨砂玻璃，对着走道。而我想对着一棵树，那对着在风里上下摇曳的树叶安慰我自己的愿望，至今没能实现。

而和那些上了年纪的女人站在一起，看着她们把脸盆放在地上，蹲在那里搓毛巾搓内衣裤，让我在那些年里时常情绪低落。"那个女人洗了好多衣服。"我告诉我母亲。我认为这是一种贪小便宜的行为，但她其实也这么做。她用土黄色的臭肥皂洗我们的袜子和内裤，然后用鹅黄色的香肥皂洗我们俩。她似乎懒得理我，用一只手夹着脸盆，走在我后面，迈着小步，走得十分缓慢，好像终于洗得干干净净不能再让身体热出一滴汗了。事实上我母亲做什么都慢腾腾的，她从未给我织过一件我能穿的毛衣，每次她织完，我已经再也穿不下了，只好织了又拆。她不像我，我过马路时总是急匆匆，直接走成斜线，因为向哥哥说了，第三边小于两边之和。

那天晚些时候，我们也一起去了澡堂。在热水龙头下我站了好长时间。"我的亲生妈妈会不会已经死了？她是不是被埋在了某个小山包上？一定是她的婆婆虐待她，他们重男轻女，把我送走，于是她悲痛地脚一滑，掉下了山，或者根本就是她自己跳下去的。"我母亲并没看出我有什么异样，她和我出了澡堂往家走的时候，天空正在慢慢变暗。为什么我会想到小山想到岩石？那段时间我看了什么故事书？一到家我就上楼按亮台灯。"天还没黑呢"，我母亲在楼下喊。

阁楼上有张小床，我在床上躺了一会儿。我决定要表现得非常痛苦，于是我开始哼哼起来。这样哼哼让我感到很舒服。窗外时不时传来邻居家的响动，像是噼里啪啦起油锅的声音，或者叫小孩回家的声音。"我已经被领养多久了？"想弄清楚这件事，让我忘记了继续哼哼。

那天傍晚我没有像以后经常会做的那样，站在窗口看着对面向哥哥回家。所以我没有看到那一幕。那天向哥哥推着自行车，走得很慢很慢。他旁边走着一个丰满的女孩，由于背包放进了车兜里，她就只有手在那里摆来摆去了。他们俩经过了岔路口，向哥哥没有朝家的方向向右打弯，而是笔直地，不紧不慢地，朝着肇嘉浜路方向走去了。女孩的头发是黑色的，穿着一条布裤子。一九八八年，已经有很多女青年穿起了牛仔裤。她们都去华亭路那里买。那条布裤子，随着她步子的起落，膝盖处一拱一拱的。向哥哥自己低着头，没有注意到她走得比他随意多了，还左顾右盼着。她的脸很白，大眼睛下面有几粒小雀斑。十二年以后，另一个男人在麻将桌上挑逗了她，她漫不经心地摸着牌，手指尖却绷得更修长了，翘翘着。她如此地专注，根本不会想其他什么事的对不对。她反正不会过什么坏日子的。很难想象她会让自己不好过。也就几个月工夫，她扔下了四岁的女儿和远在某个山区做技术员的向哥哥。

但是那时候，谁知道会有人将拐跑她呢？他们就在黄昏里这样走着，一会儿几乎并排而行，一会儿他在她前面，一会儿她又超过他，像是故意要让他看看她屁股那儿起的波纹褶子。向哥哥一定思考过要去哪儿，因为他们一直走了五站路，走到了徐家汇的上海第六百货商店。

在此之前，不知什么原因，女孩走着走着，突然伸了一个懒腰。她把两条胳膊伸得长长的，随便什么人都会感到她很自在的。但是在商店门口，她却不自觉地换了一副胆怯的小女孩面孔。倒是向哥哥，四面环顾，装出那种傻气的潇洒。售货员走上前来时，他向她转过身去，而她在那一瞬间十分吃惊。

据说，在那里，他用从自己父母那里偷来的钱，为女孩买了一根最细的金项链。他一定是计划了很久，因为那天他约女孩出门时，只是问她，愿不愿意和他去散散步。

她说："好呀。"是啊，为什么不呢？向哥哥算得上英俊，他同样白白的脸上，因为两个人相互的靠近而兴奋，发红。可一切稍纵即逝。

他们继续向前走着，真是不快也不慢。

其实我对领养这件事没什么所谓。我和班上几个好朋友说了说，怀着好奇的心理等待着接下来会发生什么。她们对我特殊的好不过持续了一两天。有一位给我带了一只肉馒头，上第一节课之前，我们挤在一起坐着，我吃了肉馅，她吃了馒头皮。她问我是否知道自己的亲生父母在哪里时，我也不明白为什么要撒谎。我说他们都病死了。之后，我立刻觉得愧疚，于是我问她，我有一小卷果丹皮，要不要尝尝。她剥开塑料纸，掰了一点儿。过了一会儿她站起来，说那只馒头是她奶奶买给她的，对我摆了摆手就往后面几排她自己的位子走去。

但是我开始想象他们的死。教室门没关严，可以望见走廊，虽然能看见的空间很小。我就望着那道缝出神。突然，一切都变得合情合理了。即便放在今天，我，一个三十六岁的女人，拒绝要孩子，也变得合情合理了。如果是我母亲催我，我就停止说话，开始收拾东西。至于我丈夫，我干脆就进自己卧室，往床上一躺。年轻时我不那样，我会大喊大叫。结果一个关于孩子的争吵上面叠加着另一些争吵。并不是孩子本身让我觉得厌烦，而是，而是。

我还迷上了照镜子。常常功课做着做着，不由自主地掏出小镜子，我到底是想看出什么呢。与此同时，我急不可耐地想长大。逃课事件发生后，我母亲隐隐约约的慌乱让我感觉到，我可以运用我的领养身份，改变一些什么。这个家，原本应该是个陌生的环境呀，我不过是一个寄居在那里的小孩，一个不需要做家务的田螺姑娘。大概就是从那时候起，我和写作这件事之间有了第一次微妙的联系。一个有双重身份于是想拥有更多身份的人，如果她没有分裂出多重人格，如果她不想到处去装腔作势，那就只有写小说这一种可能了。一直到什么时候，我终于不再强迫自己利用这一身份？

现在让我想想，那天的放学路上发生了些什么。从平江路小学走回家，要穿过几条横马路，下午三点多，我和那个小姑娘没有走上中间的林荫大道，而是选择了与它平行的贴着居民住宅的另一边。那里开着一家店，卖文具、橘子水、桃板、盐津枣。我身上没钱，她买了盐津枣，她一定会分给我几颗的，但我那天连着打了几个喷嚏，就在我打喷嚏时，我的体内好像打出了一个洞，它需要那些像鼻屎一样的小小粒填充，于是我伸手抓了一大把塞进嘴里。在她试图抢回去时我推了她一下，她跌倒了，歇斯底里地哭起来。几年前我回家看我母亲时见到一个胖女人在挑西瓜，短发、圆脸，穿着西装短裤，露着粗壮的大腿，脚上穿着印有小熊的拖鞋。我离她几米远，一边挑着葡萄一边时不时望她一下。歇斯底里没能让她变得更苗条一些。

好吧，回忆是没有时间概念的。我母亲一边洗着葡萄一边告诉我，她还没结婚，还和父母住一块儿。"而你考上大学后就没再回家住过。"我回答她："这可能是因为我太想有自己的家，结果成了在很多地方都住过。"它们都只是我待过的地方。话题又回到她身上。每次我母亲在路上碰到她，喊她一声，她总是吓一跳似的回过头来。"啊，某某某妈妈！"她当然不会知道我现在的笔名，她根本不可能想到，我还会把她写出来。然后她会说，"啊，这么早"，或者，"啊，这么晚"。她只念到中专毕业，过早地从事了文秘这一不需要动脑的职业。

我现在认为，我对自己的苛刻与不满，都必须归咎于那天下午，我推了她那么一下。

比如我没有方向感，常常迷路；对居有定所没感觉；对钱也没有概念，不，不是对数字没概念，而是对未来；有一段时间我总是愿意看那些虐心的糟心的电视剧，有关各种悲惨的身世；念高中不久我就开始听打口碟，早死的那些音乐人让我一次又一次感伤，却仍然无动于衷地做着各种考题……我就是依靠这些我和我父母的区别，来判断我原生的基因。

还有什么吗？没有什么还有了。

但如果，没有过那一天。想必我会待在一个不一样的地方，拥有与现在迥然不同的人生，感觉也会和眼前、当下的这种感觉不一样。

所以为什么那天下午我要伸出手去！

事情也许可以追溯到那天之前的那个晚上。

那天之前的那个晚上我本来睡得很好，无梦。快要入睡的时候窗外的无花果树叶沙沙地响了起来，起风了。我到底有没有听到警车的声音？我只记得后半夜，整条弄堂里的人似乎都醒了。我母亲拉开了窗帘，她交叉着双臂站在那里往外看。警笛应该在抓到人后，才变得刺耳？我坐起来，想要一杯水喝。但是我喊了两次，我母亲还站在那里，脸部半明半暗。我也想起床看看，但她阻止了我。警笛声似乎在远处消失了，隔壁老女人的哭声飘了出来。我越来越困，有什么东西好像卡了一下壳。

第二天早晨六点半，我母亲帮我拿来干净的袜子，把窗帘全部拉到一边。我问她夜里发生了什么，她告诉我，左边邻居家那个最小的儿子被抓走了。这下，弄堂会显得很大了。不管我们是在跳橡皮筋，还是在扔沙包，只要看见他走过来，就会躲开，躲到一边去。他面目英俊却总是凶狠地紧绷着。有一次我们在路口相遇，但他其实只是看了我一眼就走开了。我不明白为什么他让我觉得不舒服，似乎那两道浓眉下面隐藏着一些吓人的东西。

他因为偷盗被抓，据说还是团伙作案。我坐在那里，既迷糊，又好奇，吃着一根油条，喝着一碗粥，我母亲还帮我敲了个咸蛋。这下我们可以自由地玩了，可以在岔路里奔来奔去，可以爬树摘桑叶，可以在雨天穿着套鞋在水坑里用力踩。我背上书包，一出门，就听到隔壁他养的那条狼狗，不知被谁揍了，呻吟着发出呜咽声。那呜咽声像是一道电流，串起很多窃窃私语的声音。整条弄堂都在窃窃私语地传递着他深夜被抓的消息。我回过头去看，人们还是挎着篮子挎着包，并没有窃窃私语，只有他们的衣服在沙沙作响。无花果树叶也在沙沙地响个不停。乌云在头顶逼近了，却并没有下起雨。

那天下午，我伸出手去，推倒了一个女孩。

现在再去回想那一天，我怎么也想不起来那一天是怎样过的。反正日子过得如此之快，就像电影里的日子一样。你走进一个教室，一个一个老师进来，把你一直带到放学，最后那声铃一响，立刻就把你推出了校门。也许是因为那天的乌云实在太多了，它让眼前的一切显得昏暗，那个笼罩在昏暗里的小店，看起来空空荡荡的，看起来需要一些尖叫，一些哭喊。而我的小伙伴，她那时就有一张圆圆的脸，鼻孔也有点大，她平时说话尖声尖气，每句话结尾时总是像个小钩子一样扬上去——你再碰我一下我就告诉老师了～啊——仿佛空气里站着个老师，要等老师点头后她才能继续说下去。她尖叫起来，我要告诉我奶奶－啊。她轻盈地从地上爬起来，轻盈地在我前面跑了起来。而我拖在后面，沉重得就像被拉得长长的影子一样。

你这个小赤佬！她奶奶堵在岔路口，你妈妈不打你我就要来打你了！

她自己滑倒的。

到底是路上捡来的小孩，无规无矩。

我不相信你说的，一个字也不信。我说。

我母亲比我大三十岁，这样算起来，领养我的时候她三十三岁。我见过她领养我前后的一张黑白小照片，她开心得笑出一张大嘴。而我在所有照片里，连微笑都很少。对着镜头，我的嘴张不开，只是双唇拉长一些。这个区别也许能看出，人们几乎不太可能来亲近我。而我母亲很喜欢聊天，她谈论左邻右舍，或者说说她自己的什么事，她总是叽叽咕咕地在那儿说，以至于我没必要再说什么。这是现在，每周一次，我和她唯一能够亲密的方式。

十一岁，我五年级，考上市二中学的小初一。那年夏天拿到录取通知书后，我母亲和我聊了聊。一是告诉我，她要离婚了；二是说了说，我被领养那件事。

对我亲生父母的情感，先是气愤，愤怒随后消失，而后是一种厌恶，如此强烈，就像我看到飞蛾翅膀上的粉开始抖起来，接着厌恶也随之而去，我感到一股八月暑气的厌倦。其实我还是那个我，不知该怎么办。我母亲问我，你想去散散步吗？我们走到肇嘉浜路上。天热，林荫大道上，忽略知了的叫声，可以算得上静悄悄。在一个园子前面我看到一个男人，他像是很怕冷，三十几度的天，他穿了长袖衬衫和长裤，手插在口袋里，靠在围住园子的栏杆上，看着我和我母亲。我母亲对他点头，他挥手回应，竟然变戏法一般从口袋里掏出一盒"红宝"橘子水。橘子水很热也很甜。

就像画家会模仿自然作画一样，我也是在絮叨完我的过去后，才在其中寻找一些遥远和若有若无的东西。然后凭借那些残缺的印象，那些对阁楼老虎窗幽灵的想象，试图超越记忆。所以回忆过去的人都是为了使自己这个回忆者开心。我就曾虚构出苦儿三毛一样的童年，顺便加上一两次神奇的经历作为陪衬，那时我对自己的了解如此之少，因此没法简单写出那些年。我母亲看过我那些书但她一言不发。直到有一天我开始写别人，我才意识到，要是把人和人都写得很相似，都像别人书里的某个人，那就没有一个像真的了。我有没有仔细端详过那些人？就像现在，我要描述这个后来成为我第二任继父，又早早因为胰腺癌去世的男人，比我想象出一个他，要难多了。

我想不起来他买过什么东西给我母亲。大概他不知道什么东西适合她。冬天他给我买邮票首日封，夏天他给我买紫雪糕。看上去一丝不苟，总是穿着一模一样的白衬衫，白衬衫上的每粒扣子都扣上。秋天周末的下午，我母亲帮我洗头发，我们没有吹风机，我就湿着头发坐在屋前的椅子上。他会递给我"新长发"的糖炒栗子。我觉得理所当然。我们一起吃饭,他喝一两瓶啤酒。我看着我母亲每天给他烫衬衫,烫裤子,烫得裤缝清晰可见。我看着他们封上阁楼门,把我留在阁楼上。我听到窗帘被拉上。日后我看别人描写的青春期一点都不惊讶。因为我也是这样长大的,但当时,我却什么都没有感觉到。我所感觉到的,大概都不曾发生过。那让我不安,让我对自己不满的某种审视的眼光。另一种眼光。

后来我给那对中年夫妻打开门,给他们从冰箱里拿了两瓶雪碧。女人说,她已经是胃癌晚期。"我想来看看你。"一开始我很好奇他们怎么找到的我。被我母亲抱走那天,他们就在马路对面。他们想生个儿子。他们现在有一个儿子了。只需我叫一声"爸妈"。我问我母亲怎么办。"你自己决定,"她说,"不过她快要死了,你叫一声,也没什么损失。"

"你的生日我们还记得,阴历三月二十,大清早,鸡叫头遍,就在屋里生下了你,你奶奶接的生。"女人说。我这才知道,自己不是双鱼座,是金牛座。

"你手术后我再叫你吧。"我说。我突然觉得,她到了医院里,切除掉肿瘤,不会发生什么事的。

幸好卫生间里的洗衣机在震动,因为我们四个人无话可说。衣服洗完了,我和我母亲把衣服取出来。当我们忙来忙去的时候,他们打算走了。我把他们喝光的雪碧罐子扔进垃圾桶,打开电视机,并没有什么节目想看。我母亲示意我把音量开小点。"我们走了。"他们低声重复着,好像我听不懂他们在说什么似的。

一直到深夜,我母亲都穿着拖鞋走来走去,收拾着一些小玩意,把书架擦了又擦,把过期的药全都扔掉,还翻出了我中学时的作文本。然后她走进我房间，我抬头望去，她居然流了眼泪。她拿着一本相册在我的床上坐下，我坐起了一些，她开始讲述我三岁时的事。

她说她买完菜回来，在肇嘉浜路街心花园那里，听到有孩子在哭叫，她走过去，在我面前蹲下来，我还是在那儿继续哭来哭去。她发现我脖子上有一张卡片，就取了下来，放进她装着零钱的口袋里，大概在给我报完户口后，那张卡片就找不见了。

"我给你削了苹果吃，你咬了几口，说没有山芋好吃。然后你开始躁动起来，一会儿坐下，一会儿站起来。我把酸奶递给你，你也不肯接。你看上去那么吃惊，好像很害怕我似的。过了一会儿，你又突然来拿我的瓶子，你喝了一口，但是很快吐到了地上，你说它馊了，一边还长长地叹了口气。我接过瓶子，我说，你想要爸爸妈妈了。我们就是你的爸爸妈妈呀，我说。这肯定让你很迷惑。后来我发现，你常常独自静静地看黑色的小火表。你告诉我，你在上课。我开始教你读书，你慢慢忘记了过去。你像个小狗，整天围着我转来转去。有段时间，我经常会问你，爸爸好还是妈妈好？你喜欢爸爸还是喜欢妈妈？我没法不问。"

中年女人告诉我们，我有两个姐姐一个弟弟。大姐比我大七岁，二姐比我大三岁，我比弟弟大三岁。轮到我大姐带我时，她就把我背去教室。

"我给你买过很多玩具。你只喜欢七巧板。你碰都不碰那些洋娃娃。可一旦有别的小孩想玩那些洋娃娃，你就决不放手，你死抱着它们不放。一开始我觉得，这是你自私的占有欲在作怪，就想说服你，把东西让给其他小朋友一起玩。有时我会夺走那些洋娃娃。后来我看到一本书，书上说，这也可能是因为害怕。你害怕属于你的东西不在了，那样你就不知道，自己又该属于谁。"

我母亲没有看我，说话都是对着相册说。

我能感到她的惊慌。

我自己开始挣钱以后，总是买很多很多东西。只有这样，我才不会把任何东西放在心上，我对任何东西都不再有感觉。即便某件东西再也找不到了，放那东西的地方却不会空着。我也不会意识到，有些地方，本来已经空荡荡了。于是我慢慢变成另外一个人，一个看上去不计较、洒脱的人。对人也是如此。我对和我一起生活的人没什么要求，不会去横加干涉对方的任何决定。我希望他们不受任何拘束。他们离开，也无非是从我眼前飘然而过。我从来就不想有什么结果。总是有人指责我不够爱。的确如此，每当我开始投入、失控，我就说服自己，退出来。这个世界就是这样，没有什么专门给你，只属于你。你不可能走到底的，你只能让它从身边过去。

我母亲带我看的第一部电影是《牧马人》，看电影的时候，我告诉她，我去过那里。她一下子呆了。后来我查了查，电影是一九八二年上映的，这么说起来，四岁的时候，我还记得一些我的家乡。但我的家乡不是张贤亮笔下的西北牧场。也许田与田，土地与土地，看上去都差不多。那时，哪里的农村不荒凉呢。我再没看过那部电影。现在我最喜欢看的电影是灾难片、怪兽片。看《哥斯拉》的时候我想，导演小时候，一定有过类似的恐惧。那种周围世界突然崩裂，裂成另外什么东西的恐惧。

四岁开始，每年我生日那天，我母亲带我去拍照。我的站姿看上去几乎一模一样。"你看你变了。"我母亲一边说，一边指着我的一张照片。第七张，我十岁那年生日时照的。

"真的吗？"

"你看上去，像是在想什么事，你的眼睛根本没有看镜头，以前你不是这样的。"

现在我重新打量我自己，是的，似乎有点儿忧虑，具体有多大变化，其实也看不出。我还以为，我的目光生来如此，严肃，有点儿忧虑。

但是我记得，我突然明白了成语词典上的"深思熟虑"，明白了什么叫"讲话前要咽三口口水"，在那之前，我是那么一个无忧无虑的小孩，甚至是没心没肺。我走路没那么快了，行动没那么敏捷了，说话声小了，在家的时候也没那么多声响了。

当时我只是点了点头当作回应，什么话都没有说。过了一会儿，我母亲继续说下去。

"你还记得你有多害怕过街天桥的楼梯？它们不是密封的，当中有很宽的缝，自从那以后，你再也不抓住我的手……"她不再往下说了。

十六岁，第一次和人拥抱时，我觉得难堪，以至于我感觉对方突然变成了陌生人。男孩退回到桌边，他随便翻开一本什么书念了起来。因为他缓慢的朗读，静谧渐渐笼罩住我们。我站在仍然钉着粗粗的木条的窗前，背对着他，解开早上编好的马尾。那棵无花果树已经长得很茂盛了，它在黄昏里轻轻地摆来摆去，我的呼吸平稳下来。身后，他向我走来，随着无花果树的节奏，轻柔地摇摆地靠近我，直到最终，贴住我的背。我一动不动地站在那儿，不由自主地让一棵树摆布了我。头上的血管轻轻地摇摆，呼吸轻轻地摇摆，皮肤一片片地，轻轻地摇摆，最终，我的内心跟着摇摆起来，摆脱开僵硬的躯体。所有的阻力都消失了，我摇摆着倒向床上。虚弱是如此舒服。那一刻我甚至觉得，我们就应该这样一直相守下去。我们一度过了四年。然后，连一次小小的风暴也没有，突然就各自驶向了别的航道。

但我没再和我母亲相互拥抱过。我轻轻吸了口气，然后慢慢呼出，在我呼出这口气时，我尽量缓慢，仿佛这样，我的身体就会慢慢从内向外、膨胀开来，触摸到她。那口气呼完，我起床，去厨房给她倒了一杯水，她喝完后双手捧着杯子还给我。我突然想把灯关掉，这样就看不到她的样子了。但是我不好意思那样做，于是我坐回床上，身子往后靠了靠。"不早了，"我母亲说，"今天你也累了吧。"但她继续静静地坐在那里。我只好闭上眼睛，闭到后来，真的几乎睡着。

半夜里，我突然醒来，想到躺在另一个房间里的我母亲。我对自己说，我应该过去看看她。自从我的第二任继父几年前因为胰腺癌去世后，她一直独自一人。我想在她身边躺下。我走进隔壁房间，我母亲躺在床上，睡着了，轻轻地打着鼾。"妈"，我喊她。她终于睁开了眼睛，"你要做什么啊？"她打了个长长的哈欠，很快又睡着了。

我回到自己房间，看了看闹钟，已经快凌晨四点了。我突然想到，按照身份证上的生日，我已经是二十岁的人了。

就在十年前，我生日的前一天下午，我知道了一件事，那件事让我那天夜里睡得很差。

小时候，我常常在吃饭时将自己喜欢吃的一些东西埋进碗底。我母亲很早就给我讲过意大利童话。在那天之后，有多少次，我藏在被子底下，祈祷魔法能把我变得不再存在？因为透不过气来，最后我自己掀开被子，我还是坐在床上。头发湿漉漉的，脸红扑扑的。但也许，真有那么短暂的一瞬间，我认为自己真的不在那儿了。

谎言

　　母亲说着故事。一边说一边打量她领养的女儿。渐渐地，她的脸变得柔和了。那些故事让母亲的脸放松下来。

"这次体检，肿瘤全套指标中 CA125 有 1037，特别高，其他指标都正常，平时吃抗癌中药基本没停，也不知道是什么原因引起的……"

母亲在早上七点打来电话，声音低低的。我本来还没醒透，躺在床上听着，这会儿坐了起来。她的声音越发低了下去，于是我告诉她，别担心，我马上回去看看她。

客厅里没人，落地灯还开着。我走进卧室，看见她穿着睡衣半躺在床上。她今年六十六岁，除了头发变得灰白，视力变差，平时算得上行动自如。上周看她时，她还一副兴致勃勃的表情，讲邻居的八卦给我听。我每个月给她一千五百元，有时她会挑衅地说，这笔钱她全拿去买保健品了，说着说着就自顾自笑起来。一开始我有点不开心，但是想想就随她去了。我很善于忘记，让我不高兴的事情都被我抛在脑后。

她做任何决定前都不会征求别人意见，也不和任何人商量，包括嫁给一个智障以及领养一个小孩。所以曾经，她和外婆，她和我，相处得都不算太好。当然，如果我这么说她，她会立即提醒我：外婆去世之后，是谁放弃了自己应该享有的那份房产。她想说的是她对小舅舅有多好，因为她知道她妈妈最爱自己的小儿子。但他没怎么记得她的好，和她的联系一年也就一两次。至于和我，很长一段时间，我都希望自己的人生记忆直接跳到十八岁住进大学的日子。那时我以为自己面对的是自由，不知道未来的路上，她还是会在前面等我。

她看着我的眼神平静极了，甚至有点置身事外。我想起小时候有几次，我做到噩梦，应该是喊出了声，或者挥出了手臂，但她也只是坐起来，轻轻把我推醒。她从来没抱过我，她也不喜欢我哭，她自己从没在我面前揉过眼睛。所以，除了和她待在一起，我真不知道该怎么做。我隔着一条毯子和她说话。"你是不是一晚上没睡好？"我问她。她把毯子往上拉了拉，一直盖到脖子那里，闭上了眼睛。

我走进客厅，打开电视机，把音量调到静音。她之前看的是纪实频道。她喜欢看纪录片和电影。她在老年大学学会了上网、打字。有一次她自豪地告诉我，她是他们当中学得最快的。她想告诉我，她还没落伍，对现代生活里的那些小玩意，她还是了解的。我给她买了一部手机，她去植物园时会带上它，用双手举着拍点照片。不去植物园的时候，她就关机，把它放在桌上。她知道微信，也知道支付宝。就像她知道 CA125 有 1037 意味着什么。但她从来没用它给我打过电话。

那天晚些时候她下了床，走进厨房，一边给自己泡了一杯枸杞茶一边对我说："反正你也做不了什么，你还是回去写你的小说吧，不到万不得已，"她说，"我不会来找你麻烦的。你做不了什么，医生也做不了什么。很多年前我就知道了。"

二十八岁时，医生诊断她得了卵巢癌，卵巢被全部切除。这事儿已经过去三十八年了。

我帮她把茶端上客厅餐桌，她给我抓了点瓜子，我们面对面坐下。"要是我做不动了，我就住到你家去。"她说，"你住过来也行。那年夏天你走后，你的房间我一直空关着。"她站起来，"来，你来看看。"

她打开我住过的房间门，指了指那张空着的架子床，床垫上面空空的。

"要是你来，我就给你装个帐子，再给你买套全新的床上用品。"

"嗯。"

"你家现在是五楼？你还在租房子住？"

我点点头。

"我会没事的，"她说，"我希望我会没事，就算有事，我也不会麻烦你很久的。"她说这些时，语速很快，好像在给自己提个醒一样。

想给母亲打个电话，她却已经把电话挂起了。这个独来独往几十年的人。希望我老了，也有她这般独处的能力与定力。母亲最常说的一句话是：我保证自己身体健康。不给你添麻烦，就是对你最大的爱。

二〇一一年二月三日大年初一的零点二十一分，我发过这样一条微博。

从母亲家出来，时间还早，我想去附近的植物园转转。沿着罗城路走，风里有桂花的香气。这香气让我感到平和，好像不会有什么不好的事情发生。我从四号门进去，这是离我家最近的大门，我母亲平时就是从这道门进进出出的。她有植物园的月票，有一次，她忘记带了，但她还是像往常一样，翻起右掌，空空地朝门卫晃了晃。

花花草草在秋老虎的光芒下闪闪发亮。但是突然，惊恐压倒了我。我第一次意识到，总有一天，我母亲会看不到这一切，她再也不会那样神气地走过这道大门，走在我走过的这些小路上。她会真的，成为我回忆的一部分。然后，随着时间消逝。

我沿着小路走，头顶的树叶太密，只能看到碎片般铺开的微蓝天际。我想象她一脸镇定地在屋子里忙来忙去，这么多年，她总是一副没有什么能伤害到她的表情。她的第二任丈夫去世后，我陪她度过了一个夏天。那个上午，她打电话给我时，我正在广州玩。她告诉我他是什么时候没的，以及，他走得很平静。她没有哭，也没有要求我尽快回上海。我已经不记得那两个月的事情，不过有些细节还是印象深刻：她把房间收拾得非常干净，甚至有些空空荡荡。她换了窗帘和全套床上用品，屋子里似乎有了新的颜色。沉香的香气代替了中药的气味。她沉默的时候多了。她把他所有衣服都洗了一遍，晾干，然后打成几包，送去了居委会。有天夜里，我醒来上完厕所，看见她的房间灯还亮着，我敲了敲门走进去。她半躺着看着我，告诉我她只能睡着一小会儿。

"他怎么不回来看看？" 她说。

"你把灯开得那么亮，会把鬼吓跑的吧。"

过了一会儿她又说，"我真的不喜欢医院，终于不用再去医院了。"

"你可以闭上眼睛试试，闭目养神。"

她点点头，"你帮我把灯关掉吧，再把门也关上，" 她说，"我想看看，灯关了，他会不会出现。"

然而现在，黑夜也许就要来了。她得独自一人度过漫漫长夜。

没法再想下去了。我加快脚步，走出了那一段有些冷暗的林荫路。

从前，城市还没开始发展的时候，我和我母亲、智能水平八十多的我父亲，一起住在嘉善路棚户区一栋朝北的小房子里。房子建于解放前，紧挨着一个纺织厂厂区。四周都是风格类似的建筑，顺着各种小路犬牙交错。整片棚户区其实很大，结构错杂，小道繁多，如果不好好看路，转过一处拐角就可能和某个陌生人撞到一起。有的小路走着走着，以为走到了头，到了墙边却又有一个拐角，拐过去又是一段巷道，几户人家。整个九十年代初期，似乎家家户户都在搭建，东搭一间西造一房，小路于是越来越小，有的巷道，窄得只能容下一个胖子侧身走路。

多年后，我看到博尔赫斯用小径分岔的花园造了一座迷宫，立刻明白了作家借角色之口所宣布的"写小说和造迷宫是一回事"，"由相互靠拢、分歧、交错或永远不干扰的时间织成的网络包含了所有的可能性"。在小径分岔的棚户区里，虽然我明知自己不会在里面走失，但还是会不时想一想"我在哪"这个问题。

一九九六年夏天，随着上海城市老区棚户简屋改造的启动，嘉善路开始了动迁。一直到二〇〇四年，建国西路那一头的嘉善路，还有将近四百户没有搬走。那时我刚结束了第一段婚姻不久，从前夫家搬出来，又租回建国西路上的梧桐花园住。从窗户往下看，整个动拆迁地块近万平方米，堆满建筑垃圾，足有上千吨。那些已经搬空但还没拆掉的房子，被一些拾荒者当成了家。

我们住的小房子非常宽敞。进门右手边紧贴着墙，是一张用砖头砌成的床。那是我父亲睡的床。床的一侧是一个镜面模糊的衣橱。衣橱的旁边，窗台下面，摆着一架缝纫机。再过去是我们的饭桌。左手边，靠墙放着梯子，梯子通向阁楼。我和我母亲住在阁楼上。阁楼两米多高，靠墙放着一张床，床边是只五斗橱，靠窗放着我的书桌，书桌背后是一排书架。

灶披间在房子外面，水斗也在房子外面，正对着灶披间。在我读小学之前，整片棚户区还没通上自来水。每次要用水，必须去离家约一百米的公共给水站。我没挑过水。我母亲告诉我，那个给水站一共只有两只水龙头。要是逢上天气好的节假日，家家户户都在洗衣洗菜，挑水就要排上很长时间的队。

后来，水斗上安装了一个能放得出水的自来水龙头。每天晚上临睡前，我父亲都会锁好水龙头，防止邻居们擅自用水。那把锁是他的大表哥用一只易拉罐做成的。只有他的大表哥有办法弄到易拉罐装的青岛啤酒。然后他转一个身，锁好灶披间的门，防止邻居们擅自拿走煤饼。那时的煤饼凭票供应。再转一个身，他走进自己家，走向自己那张床。

一直到我母亲离婚，我都和她一起睡。只有一次，她在半夜里突然摸到被我咬得光秃秃的手指甲。她把它抽了出来，于是我被罚出了被窝。我站在那里，她翻了个身，头发遮住了她，我看不见她的样子。初冬，棉毛衫裤上的暖缓缓冷却，脑袋也站麻木了，需要重新焐热。我该怎么办！我站在自己的拖鞋里，心里犹豫着。终于我掀开阁楼门，爬下楼，爬上我父亲那张床。

床不太舒服，垫的棉花胎不够厚，但是我又惊又累，一躺下就睡着了。醒来的时候我父亲已经走了。每天早上五点多，他都会匆匆起床，拎上菜篮子，赶往菜市场。整个凭票、排队的八十年代，我父亲靠替女邻居们排队买豆制品，过上了一种有人夸奖的生活。我再次醒来是在七点多，我母亲神色木然地把我推醒。我背对着她，身体紧贴着墙壁，心情沉重而压抑。墙皮已经呈片状剥落。我害怕。害怕我母亲再也不允许我，回到阁楼上；害怕我会被一个人留在那里；害怕和我父亲贴身度过的夜晚会让我变得像他一样，成为一个比智障协会定义的智障，智商高出十来分的人。

在我七岁读小学前那段时间，我和我父亲，相处得还算温馨。在他面前，我可以随意挑食。我爱吃高庄馒头的皮和煮鸡蛋的蛋白，不爱吃剩下的馒头芯子和蛋黄，他总是如我所愿。其实他也不喜欢吃蛋黄，他把它们用调羹捣捣碎，慢慢含进嘴里，喝下一口水。或者他根本没注意到，我扔掉了什么。他会玩的东西不多，掷骰子游戏、扑克牌比大小。但他喜欢看人打牌。他带我去过一次，站在人堆后面，伸长了脖子看。

通常他会站上几个小时，全神贯注，不看身边任何人一眼。没人空出地方请他坐下玩。因为无聊或者别的什么原因，我放声大哭。我再也不跟他去看打牌。

　　他也给我讲故事。从前有座山，山里有只小兔子，兔子跑了……故事完了。"这故事你已经讲过很多遍了。"我坐在饭桌前的凳子上，打开一本连环画。这样的夜晚其实也很少。我还记得，只有我母亲去上裁剪课的几个夜晚，我才和我父亲一起坐在饭桌前消磨时间。他在我面前放一粒大白兔奶糖，一粒陈皮梅糖。有时是一小碗酒酿。他一个人在那里练习洗牌，一边洗一边喃喃自语。

　　我已经不记得和我父亲的最后一面是怎样的。拆迁动员大会是在我参加完高考之后没多久召开的。那时我开始恋爱，很少在家。父母离婚后，我母亲将楼下大间一分为二，在分割线那里砌起了一堵墙。有天回家，我发现他们俩都在门口站着，看见我走近也没改变姿势。我母亲对我说，"你爸爸同意安置条件了，他下星期就打算搬过去。"我看了看他们俩，心不在焉地上了楼。我知道在他搬去百色路嘉陵路的汇城新村之前，在他一个人收拾东西的时候，我肯定还见到过他，一定还说过话，但我一点印象都没了。记忆中，最后一次见到他，是他靠在门口水斗边上，告诉我母亲他分到了一室半，有四十平方米。

　　就在一两周之前，我母亲有次告诉我，她在马路上见到了他。她一开始没认出他，他佝偻着背，已经拄起了拐杖。但他认出了她，还问她，老王好吗？她告诉他，老王已经去世很多年了。他笑了，笑了很久。老王是他的大表哥，我第二个养父。不过他慢慢安静下来，不笑，也不说话，只是直勾勾盯着我母亲看。看了一会儿，他继续向前走去。但是突然，他回过头来，对我母亲喊道："你没法再和他轧姘头了。"

　　我没有问我母亲，他问起过我吗。

白天，有时会有运货卡车经过我家门前。每到此时，地面就会嗡嗡震动。门槛已经用水泥砌得很高，但在夏天雷雨季节，屋子里还是会进水，需要踩在砖头上进进出出。所有的电源插座都高高地固定在墙上，冰箱下面垫了木架。一到下暴雨的时候，我父亲格外忙碌，先是在门口用砖头和抹布把门槛垫高隔开，让外面的水漫不进来，再拼命用簸箕和脸盆往水斗里倒水，一刻不停。和我父亲的紧张相比，我母亲算得上悠闲。"你就看你爸敲浜吧，看看就行。"她给我折过纸船，我去弄堂里玩水，她也从不呵止。在她的引导下，我注意到墙上一块块的潮斑其实是一幅世界地图，而那潮湿的青苔一样的气味，也许正是东海的海风带来的。她不关心进到屋子里的褐色的水，她当它们不存在。大学毕业后我去泰国普吉岛玩，第一次看到大海。涨潮时水流湍急，浪花猛烈。浪花完整而来，在破碎的时候撤回，在撤回的时候破碎。我不会游泳，所以只是在沙滩上站了一会儿，弄湿了双脚。浪花一道接着一道涌来，是啊，为什么不学会只关心大海呢。

　　买下这房子花掉我母亲所有的积蓄，五百五十元。但就算在当时，这也是个合算的价格。那年三月，爆发了"珍宝岛"战争，一些老上海开始担心时局。我母亲却兴致勃勃，拖着她的同事和她一起，到处看房。他们看房的区域以徐家汇"市百六店"为中心辐射开来，她先是看中了虹桥路一处房子，那里晚上九点之后，路上就没人了，比她年长十七岁的同事老王担心她的安全，再加上那处房产没法上户口，她才最终选择了嘉善路。

　　从我记事开始，我就记得她常常带我走出家门，右转再右转，走上大木桥路，再走到相接的肇嘉浜路。她喜欢那里的林荫大道。她说树是最安静的。我十岁生日那天，她在我家门前的花坛里种下一根无花果扦插枝，当时只有半根筷子那么长，她也就那么随手一种，三年过去后，只要有微风吹拂，坐在阁楼窗前的我，就能听到叶子的沙沙声。

《圣经》里，亚当和夏娃食了分别善恶的果实之后，眼睛明亮了，他们为赤裸的自己感到羞耻，便拿无花果树的叶子遮羞。这样一想，十岁的这个生日，似乎就有了象征意义。

十岁生日的前一天下午，我从邻居嘴里知道自己是被捡来的。突然间，我和过去的生活脱钩了。我想自己是和别人不同的。然而为了不被觉察出异样，我还得和从前一样。这就像玩杀人游戏。你被指定为杀手，你趁大家闭上眼的时候杀了人，你得毫无异样地和大家一起坐在桌前，不能引起别人注意。

距离那天下午，二十六年过去了。那座小房子早就不在了。我在记忆里再一次走到它门前。一开始，是一扇暗红色的门，全木的，打开或是关上，几乎无声无息。后来，在窗户那里又开了一个门洞，装上了一扇镶嵌了玻璃的门。那扇门弄出的动静很大。

被夷平的那一片现在成了创意园区，连它确切的位置也搞不清楚。这就是那座小房子的命运。

母亲请了十几年的长病假，因此，在各种各样的下午，春天的或是冬天的，刮风的或是下雨的，她总是坐在窗前，用缝纫机干活。孩子在阁楼上做功课。母亲在通向阁楼的楼梯旁靠着墙竖起一面大镜子。这样，只要孩子坐在写字台前，她抬起头就能看到孩子在做什么。有时候，孩子也会停下笔，走一会儿神，但是很快就能感觉到一道目光。于是她低下头，更快地继续写。

母亲因为给华亭路的小老板做衣服，很快就把自己家变成了棚户区里的第一个"万元户"。在那个年代，这个家庭还算富有，但孩子的生活非常痛苦。那时她想象的美好生活是这样的：每天清晨都下一场大雨，这样母亲就不会把她送去练武术了，她也不用绕着肇嘉浜路林荫大道，从大木桥一直跑到枫林桥，一圈又一圈。书法老师应该消失。所有褚遂良的字帖都消失。每周教她一次法语的老头也消失。或者自己已经什么都会了，不需要再学习。

　　从七岁到十一岁，孩子不得不学这些。只有生病的日子才可以休息。母亲根本不觉得孩子会感到累。生病的日子，母亲给她端来白粥，粥上厚厚一层太仓肉松。孩子出声地喝着粥，吧唧吧唧地表现出食欲。孩子身上的被子被盖得严严实实。很快就出了一身汗，很快病就好了。孩子不够狡猾，没有想过偷偷把被子掀开，或者走到窗边，打开窗户吹一吹。她躺在那里，想着第二天早上，母亲还会不会要她去跑步。

　　在那些年，母亲从那扇狭小的窗户看出去，看到的应该是那些神态很相似的男人女人，他们因为总在吵来吵去而越来越相似。孩子生活在没有一个大学生的地方！母亲漫不经心地踩着花边，担忧得停不下来。孩子每天问她一次，我可不可以看电视了？母亲回答说：你不是应该……吗？孩子不敢自己打开电视。

　　孩子总是在学习，不管白天还是夜晚。高考前，很多个夜晚，母亲早就睡了。孩子还是安静地坐在桌边，她把手臂曲起来，把头放在手臂上，就这样睡到子夜过去，然后醒来，关上台灯，脸上印着袖子压出来的纹路，安心地上床睡觉。

　　棚户区里很多大人对孩子都很熟悉，孩子觉得陌生的大人却知道她的名字，因为她悬腕写大字上过电视，因为她会翻腾空翻参加过市里的表演赛，他们把赞美强加给她，说她是他们见过的最聪明最漂亮的小孩。他们远远地指着她，把她介绍给自己的孩子。有时他们在母亲面前夸奖她，好像母亲不知道她以后会很有出息一样，"你只需要等着享福"，他们强调。母亲沉着冷静，反过来批评她。比如，"她还是经常要人督促"。有些大人不知好歹，走远一步抬起头，寻找阁楼上的孩子。孩子恶狠狠地看他们一眼。说话的声音会降低一些，大人们谨慎地把交谈推向结束。比如，"冰箱用起来还不错吧？"母亲立即开始侃侃而谈，棚户区里第一台"香雪海"能吸引任何一个想说话的女人。孩子在阁楼上看着被陌生人包围的母亲，母亲瞥都不瞥她一眼。她想，这些人都会走的，你就只有我了。

一个暑假的晚上，孩子躺在凉席上快要睡着了。她突然想起白天学过的一个成语：无病呻吟。她开始呻吟起来。喉头振动得几乎是种安慰。屋子外面，天已经黑透了。母亲和父亲坐在昏暗的路灯底下乘风凉。孩子在那儿呻吟着，她第一次有一种感觉，觉得那声音属于自己，她感到很亲切。现在她才明白过来，那其实是她第一次感觉到孤独。而她会和孤独紧紧连在一起。紧到她甚至认为，她可以一个人生活，因为她已经经历过那个夜晚。

那天在母亲的厨房，站在母亲背后，我很想把手放到她肩上问她：害不害怕。但是我的手只是轻轻落了一下，就滑了下去。母亲仔细地把水斗边上的水迹擦干净。

"其实看到这个报告，我挺高兴的。"她说。

母亲一直称作"和平医院"的地方，全称是中国福利会国际和平妇幼保健院。小时候，她带我去过很多次，但是我什么都不记得了。是从哪一年开始，我记住了母亲忧伤的故事？这个在医院里住了三年的女人，尝试了各种治病手段。大蒜汁静脉注射。收集健康产妇的新鲜胎盘漂洗干净后清蒸吃。和她住过一个病房的女人全死了。活着的女人都是相似的，死去的女人各有各的故事。"你根本不知道，男人有多坏。"在母亲讲过最多次的一个故事里，那个年轻的妻子很爱自己的丈夫，每个周末都偷偷溜回家，和他做爱。后来她大出血而死。"上面输进多少血，下面流出多少血。……她只是宫颈癌，还是早期。她死了才三个月，那男人又结婚了。"那么母亲是怎么对待她的丈夫的？她再也没有和他做过爱。她再也没有和任何人做过爱。母亲说着故事。一边说一边打量她领养的女儿。渐渐地，她的脸变得柔和了。那些故事让母亲的脸放松下来，而她的脸，因为这种放松，和其他大部分女人的脸，相似起来。

在这样的故事里长大的人，会相信多少男女之间美妙的可能？十六岁时我做了爱，一点都没觉得疼。在每一段关系里，我都把一只行李箱拖进同居的客厅，让它随时可以被我拖走。我第一次这么做的时候，对方粗暴地抓住了我的胳膊。他先是认为我在玩一个游戏，后来又断定，我根本不知道自己在做什么。

只不过是一个人生活呀。

每一段关系结束后回到自己家，我一定会立刻开始重新摆放家具。然后推着吸尘器来回清扫地面，用旧报纸把玻璃擦干净，把不想再看到的东西扔进垃圾袋并把口子扎紧。看着变了样子的家，会让我想写点什么下来。

本来我也担心过，要是有一天，再也写不出来了，等待我的会是怎样可怕的日子。没有工作，没有人陪，没有任何人在我脑子里和我说话。但我应该还会呻吟。

只不过是发出一些声响呀。

当初我是怎么想的，要把一些东西写下来？大概是担心，有一天突然就没有我了。

三十岁之前，我问每一个说爱我的男人。如果我得了绝症，他会怎么做。

"死没什么的,反正我们每分钟都在死。"

"你干吗老想让自己伤心的事。"

"我不会离开你,但我会找个女朋友。"

"你希望我怎么做?"

也有人不知所措,笑一笑或者沉默。

三十岁之前,我还期待遇到一个男人,他爱我,爱我健康的样子和我死前的样子。

我有一个也写东西的女朋友,每一次恢复单身,她就去"家乐福"。她推着购物车,从一个商品部到另一个商品部,仔细研究每一样东西。花很长时间,耐心地把购物车堆满,再耐心地排进收银台前的长队里。然后拎着沉重的购物袋回家,再把这些东西装进柜子里、冰箱里、家里空着的地方。

一、三、五的白天,我去杂志社上班。新来的实习生一九九四年才出生。几分钟前,她在 QQ 上对我说:我很佩服你会走上写政治小说的道路啊,不是说写得怎么样,而是那种使命感(或者说,写作的意义),非常动人。

我不知道什么是政治小说,我只是更情愿翻看一些旧材料,跟一些鬼魂交谈。为什么我总是怀疑,事情不像书里写的那样?我也写过我自己,用一种抱怨的语气。有一天我意识到,我没法讲我自己,为时还太早,那些事离我还不够远。就像写作者需要跑出一段路去寻找语言一样,我也要让我自己足够远,这样我才有办法回到我自己。所以我喜欢研究我之前那些人的事情。一九四二年,文艺界的春天来了。一九五六年,文艺界的春天来了。一九七八年,文艺界的春天来了。一九九二年,文艺界的春天来了。二○一一年,文艺界的春天来了。二○一四年，文艺界的春天来了……了解书上的历史就是这么轻松，就像走在一个看不见的圆上，但想看清自己的脸，那就必须径直朝自己走过去，一直走到前面去，再回过头来。

母亲为自己的卵巢癌感到骄傲。

她告诉我，所有医生都不认为，她有可能痊愈。"我活了三个月，又是三个月，然后是三年。"三十八年后她说起这些，还是很兴奋。

但她不相信这一切。

我们坐在客厅里喝着茶嗑着瓜子，她说："我一直不相信，我自己真的得过卵巢癌。所有医生都说，那时候的医疗水平不可能治好我。我想他们骗了我，把别的什么病说成是这个病，好把我树成典型。这么多年过去，还是那个部位出了问题，"她笑了起来，"我终于放心了，没被人骗。"

我一个人在植物园里转悠。头顶上的叶子，在风里簌簌地响。周围传来鸟叫声。走了很久，走得身上出了汗。我在一块大石头上坐下，把双手垫在屁股下面，看着眼前一个没有栅栏的园子。很久以前，有一次，我也这样坐在一块大石头上，盯着一个有栅栏的园子，看了好几个小时。一直看到天暗下来，还是不想走。母亲找到我，把我拽回了家。我还记得那天我穿着一条紫色的裙裤，一件白色泡泡纱短袖衬衫。裙裤被坐得皱巴巴的。那个园子里没有什么花，只有高到小腿的野草。我还记得夕阳有几束光落在草叶子上，它们那样摇曳着，它们就那样一直摇曳着。照在它们上面的光不断摇曳着，像能催眠人的单摆一样，不断闪动。这会带来一种永恒的错觉。

那是夏天。那之后有很长一段时间，我眼前全是园子里的野草，它们在暮色里，和半明半暗的天空融为一体。

那年暑假，我接到了市重点中学的录取通知书。这样，我几乎无所事事了。天气炎热，下午，马路上空荡荡的。我打算洗个澡。屋子里要是不开窗，就很昏暗。所以，有一扇窗户敞开着。我脱光衣服，坐进木头做的澡盆里。

后来，就有邻居告诉我母亲，我父亲偷看我洗澡。

他们很快离了婚。

在那之前几个月，我父亲的大表哥、我母亲的同事老王和自己的妻子离了婚。

一切不是都过去很久很久了吗，我真的不愿对此多想了。

天气炎热，下午，街上几乎看不到人。他坐在离门几米远的地方。洗澡水打在水斗里，发出啪啪的响声。我问他，为什么要偷看我洗澡。为什么炎热会让人咄咄逼人呢。他把头慢慢地伸过来，像在好好听我说话。他朝我弯下腰，似乎想让我对着他的一只耳朵说话。他把报纸竖在胸前揉来揉去，他从来没有做过这个动作，这个动作让他看起来很无助。他很胖很胖，在他肥胖的身体上，每一块肉似乎都在被什么揉来揉去。除了那双眼睛，它们毫无表情。但或许是我自己的视力出了问题。

把双手垫在屁股下久了，就不知道该拿那双手怎么办了。它们没了感觉，像是多余的。这就像把手臂伸得很远很远，以为已经摆脱掉它们一样。

炎热让很多事筋疲力尽，应该大声说出来的事情变成了沙沙作响。我以为我用不着内疚的，因为四个人里，三个人都明显为自己生活的变化感到高兴。除了我第一个父亲。但他也只是坐在家门前，举着一张报纸，嘴里小声地嘟嘟囔囔。

他从没为自己辩解过。

"这样对我们大家都好。"我母亲后来对我说。在她看来，事情都会好起来的。不安散去了，我再也不愿去想，什么是和我有关的。

邻居们围了上来，那些曾经因为我父亲替她们排队买豆制品而夸奖过他的女邻居们围了上来。她们也曾经夸奖过我。难道她们没有注意到，我的脸和我的父亲母亲，完全不一样？我有他们没有的尖下巴，有他们没有的大眼睛，还有他们没有的 DNA。DNA 里，入学时测试的智商分数接近一百四。DNA 里，有些可能是与生俱来的坏东西。而智商让可能变成了事实。

一开始，我独自待在屋子里，但每隔几分钟，就会有一张陌生的脸贴在窗栏上。我关上窗。屋子里很暗，而且越来越热。我不得不跑了出去。在肇嘉浜路的林荫道上我跑了起来。我从来没有爱上过跑步，但有那么一小会儿，我体会到了一种宁静，我以为我能够逃走了，我觉得我逃走了，可是肚子突然开始疼。

我不愿意承认什么，肚子却要说出来。疼痛让我再也跑不下去。也许就从那天开始，我具备了成为一个写作者的先天条件。一个腹语者。原先那个自己筋疲力尽了，另外一个自己随着疼痛来了。然后，在炎热的八月的下午，疼痛让我感觉到了冷。

谜

　　那个难忘的冬天，女人在地上躺了几个小时。不远处就是肇嘉浜路，一座座屋子紧挨着，到了水站那儿，嘉善路的门牌号码就结束了。

忘记是哪一年，哪一月，星期几了。总之是在冬天，我在读一年级或是二年级。天很冷，我穿着棉鞋，低着头，专找结了层薄冰的地面踩，"咔"一声，或者，"嚓"一声。我先是看见很多条腿，然后透过腿缝，看见一个女人躺在地上。她怎么会在这里？一个声音说。去叫她老公来，另一个声音说。一会儿，一个男人走近来。他先是一脸不高兴的样子，紧接着却大叫起来。

　　男人就在旁边的棉纺织厂上班，高高瘦瘦，戴副眼镜。据说是总工程师。在棚户区，一个大学毕业、才四十来岁就当上总工程师的人，是很受人尊敬的。早上女人们在路上看见他，会亲热地问他"去上班啊？"他顶多微微点点头。他的腋下永远夹着一只公文包。

　　女人仰面朝天躺在那里，她的身旁有只打碎的红墨水瓶，红色的墨水流了一地。

　　我们这个棚户区不是很大，不能和虹口区的虹镇老街相比，差远了，那里可是上海市中心最大的棚户区，将近二十八万平方米呢。但是，你还是会在我们这里迷路，因为它有许多岔路，通向更小的弄堂。棚户区的房子一般都有两层楼，每一层都很低矮，从外观看大同小异，互相都挨着，墙和墙，窗户和窗户。在这一排排的小房子里，应该说，只有一座，看起来很不一般。

你首先会看到一扇黑色的大门，它经常半开着，看得见里面的院子。院子里有口井，四周长了一圈草，被人踩得秃秃的。院子通向一座三层建筑，厚厚的砖墙使它显得格外坚固。因为比其他房子高出一层，它就成了整个棚户区里，最引人注目的。

男人就住那儿。一大家子。他父亲养了两个儿子，他是年长的那个。他们结婚后都住那儿。按年龄大小，自上而下，所以男人住在中间一层。男人娶的是个因病回沪的知青，不久有了个女儿。在我们那个地方，人们挺爱说闲话。但关于那个女人，谁都说不出什么底细。大家只是觉得不配。她瘦、高，驼着背，脸色苍白，别人和她说话时，她就把两只手绞在一起，沉默地听着，眼睛却茫然地望着远处，好像刚从一个遥远的地方来到这里，还不太习惯。

他们的女儿和我同桌，所以她在路上见到我时，会冲我飞快地点点头。有一天，刚下过雨，我看见她低着头，在积水和泥泞里寻找干一点的地方，像一只动物一样跳来跳去，小心地避开一处处水洼。但是她脚上的皮鞋已经很旧了，皱巴巴的，式样也很土。

男人的鞋却很亮。他的皮鞋一定经常擦。

小姑娘的长相结合了他们的优点，像个小苹果，皮肤白里透红。但她的举止却更像那个女人。每次走进教室，她都会慢慢地伸长脖子，环视左右，好像想弄清楚周围的情况。她的手里总是攥着一个黑色小本子，上课时，她的目光似乎望着黑板，但又似乎穿过了黑板。一下课，她就把小本子打开，在上面写着什么。她的铅笔削得很锋利，如果我不小心超过了三八线，她会用笔尖尖尖地点一下我的胳膊。

在棚户区，所有的小路最后都会交汇在一起。一头流向建国西路，一头流向肇嘉浜路。那个难忘的冬天，女人在地上躺了几个小时。不远处就是肇嘉浜路，一座座屋子紧挨着，到了水站那儿，嘉善路的门牌号码就结束了。稍稍隔开一段距离后，是一家工厂，烟囱里烟雾腾腾的，一派繁忙景象。有时候你会觉得，棚户区就像一个孤岛，里面什么都有，所以人们根本不关心外面的世界是怎样的。而外面的世界并不是很远。我们对口的小学在七百米开外的平江路上，而去一次永嘉路上的派出所，一千两百米远，步行来回，只需半个小时。

我站在大人们的包围圈外，看得不是很清楚。也许有人赶我走，我没看几眼就去上学了。上学的路上，我喜欢沿着中间的林荫大道走，两边茂密的树木就像是厚厚的幕布。这段路把学校、棚户区都隔开了，它们在路的两头。在我不想去学校，也不想回家的日子里，我待在这段路上，想象它们在很远很远，世界的尽头。

那天早晨，我走在林荫大道上，经过中间的小花园时，看见了我的同桌。她坐在石凳子上，脸上带着茫然的神情。她的妈妈，之前的每一天，向我们投来的，也是那样一种神情。在她面前的膝盖上，摊着那本黑色小本子。她慢慢向我抬起头来，而我不知道说什么好。我们走的是同一条路。我知道她看见什么。"你妈妈……"我没再说下去，我觉得自己似乎踮起了穿着笨重棉鞋的脚，悄悄地走开了。

下午放学后，我走过女人躺过的地方，同一个地方，早晨所见的一切都消失了。地面上有些许红色的玻璃碎屑，锋利的、尖锐的，星星点点。

应该有人说长道短的。但是天太冷了，路上空荡荡的，女人们没法像夏天时那样，开着门，站在门口，挤眉弄眼，窸窸窣窣。天色阴沉，接下去的几天，太阳都没有出来，灰色的云层厚厚的。弄堂里再也看不到到处蹿来蹿去的小男孩。

我的同桌几天后才出现，事实上，变化最大的是她。上课时，她完全心不在焉。老师点到她的名字时，她虽然人站了起来，但好像并不在那里。她把课文念得结结巴巴的，但是没有老师批评她，他们会批评别的开小差的学生，但是不会说她什么。这种情况持续了很长一段时间。

如果愿意探头探脑，棚户区的人们就会看见，男人现在常常待在窗前了。尽管天气很冷，但他却开着窗。他在窗边抽的香烟，和棚户区里的工人们抽的一样，飞马或者大前门。他的视线和四周的那些屋顶齐平。有时他从窗前走开了，不知去捣鼓什么了，单田芳讲的评书就会沙拉沙拉地响起来。晚上六点半到七点，我们总是听同一个节目。擎天白玉柱，架海紫金梁，那时我还以为侠客都是白袍小将，眉清目秀，年少焕然，他们都不会活得太久，他们都将死于乱箭穿身。

大概半年后的一次语文课上，老师表扬了我的同桌。老师让她站在了讲台上，读她自己的作文。那次是写"我最难忘的一个人"。"她的模样我已经记不大清楚了，虽然我每天都和她说几句话。她衣柜里的衣服都很朴素，我衣服上的花边都是她缝上去的。家里挂着她的照片，她在向我微笑，但她已经离我很远了。我常常想回忆起来，我打开自己的作业本，她仿佛向我走来了，却又突然消失了。我再也没有见到过她。"

同学们，这篇作文写得真好，一个人写文章无非是为了表达自己的思想或情感，因此写作文应该说真话，说自己想说的话，这样的作文才会有真情实感，有了真情实感，作文才会打动人，才会得高分……我的同桌已经从讲台上下来了，她坐在那里，右手紧紧握着她的铅笔，笔尖顶着自己的左手背，她的手背后来出了点血。

可我有一点不以为然，怎么会连自己妈妈的样子都想不起来呢？我回家告诉我母亲，但我母亲只是摇摇头，叹了口气，说了声：作孽啊。

十几年后，有一天下午，我路过我生活过的这片棚户区，就进去转了转。那时已经拆迁了一两年，我们家早早搬走了，我们都不想在那里多待，我受够了每天早上去倒马桶这件事，真的受够了，况且一年后就开始停水停电。棚户区已经不是我以前熟悉的那个样子了，它更像是一座巨大的坟场。几乎所有人家都搬走了，屋子都被搬空了，房子的顶都被敲掉了，门洞大开，千疮百孔。没有了脚步声，说笑声，灰都没力气飘了。那里只剩下一户人家。

那户人家杵在棚户区的边缘，嘉善路的尽头，不远处就是肇嘉浜路。说是一户人家也许不太准确，因为只住了一个单身男人。之前我从来没和那男人讲过话。但是那天下午，他就坐在门口看报纸，我忍不住问了一句：怎么还不搬走啊。

走了就什么都没了。

他认出了我是哪一家的孩子，问我怎么会想到回来看看，要不要喝瓶汽水再走。屋子看上去黑黑的，门口倒有一圈用破砖烂瓦围起来的花坛。花坛里开着一串红。我想了想，跟他走到了门边。他推开那扇用钉子重新钉过的黑木板门，我以为黑洞洞的世界变成了一个白色的空间。屋子里一尘不染，上上下下，都被刷成了白色，不是那种刺眼的白，而是柔和的米白。

每年过年，我都刷上一次。

男人把桌上堆着的一叠《新民晚报》推开，给我拿来一瓶"正广和"。桌上还有一小碟花生米，一瓶加饭酒已经喝了一半。桌布洗得很干净，缀了一圈漂亮的花边，已经泛黄了。

晚上这一片都没人了，你不害怕吗？

他摇摇头。

那你每天都做什么呢？

看报纸，喝酒，想事情。

说着，他看了一下墙上的钟。我晚上六点半开始喝，喝到想睡……时间不好弄错的。

时间弄错又会怎样呢？但我没问出口。

我的手肘碰到了那堆报纸，我下意识地往外推了推，玻璃台板下，突然，一张照片赫然露出了一角，一张脸跳到了我眼前。

我慢慢地喝着汽水，等着他说点什么。

如果那时有可以拍照的手机，也许我会偷偷按一次，我想拍下它做什么呢？

我走出那屋子后，再也没回去过。

那天晚上我回到自己家，和我母亲说了说下午的情景，我母亲摇摇头，叹了口气，说了声：作孽啊。

夜里开始下雨，下了好几个小时，我躺在床上，听着雨声。暖暖的，安安静静。但在这下雨的寂静里，越来越不想睡。我努力地想那个单身男人十几年前的样子。

他似乎算得上英俊，个子高高大大，头发乌黑发亮，他把它们全部向后梳，露出很高的额头，很大的眼睛。一个算得上英俊的男人却一直单身。有人说，他把单位的一部旧电话机拿回家去用了，"严打"一来，判了四年。有人说，他是因为喝多了，在马路边尿了一泡，算是"现行流氓罪"，没送新疆已经不错了。还有人说，他在大街上拦了一个女人说话，被女人的丈夫扭送去了公安局。没人真把他看成犯人。

二〇〇九年，毕业了二十年的小学同学们聚过一次会。我的同桌也来了，大学毕业后她去了日本，获得了日本国籍，成了日本人。我们都喝了点酒。你有没有回去过？她问我。我们从七岁起，就在一张桌子前念书。我和她说了说那个下午，她听着，没有说一句话。她的脸在灯光下看起来有些衰老，我从那上面看到了她母亲的痕迹。

这么多年，我一直单着。说这话时，她闭上了眼睛。

为什么不找一个？我又给自己倒了杯梅酒。梅子的味道啊。我喝了一口，她也拿过去喝了一口。

你有没有觉得，我和我妈长得越来越像？有时我照镜子，觉得自己好像变成了她。

我们沉默了一会儿。我突然想起来，就问她，你现在还记日记吗？

我什么时候记过日记？

那个小笔记本，长方形的，黑皮，你走哪里都带在身边。

哦，那个……你知道，我没有和日本人结婚，我是凭自己本事在日本站住脚的，我在那里开了个小事务所，大家都尊敬我，微笑着向我问好。也许一个东海把我和这里隔开之后，我就成功地把这里的生活忘得一干二净。在那里，我会觉得自己纯洁无瑕，没有过去，没有痛苦，什么都没有。我现在什么都不记了。不过我还记得，你那时候很皮，像个假小子，见到什么都要踩一踩，地上有水你要踩，地上结了冰你也要踩。

结了冰的地面，踩上去咔嚓作响。而我们面前的酒瓶已经空了。

走出饭店的时候，我们俩都有点摇摇晃晃。酒精进到了头部血管，痛得我的太阳穴一跳一跳。我们胳膊挽着胳膊，一路走着，没有说一句话。

到了她住的宾馆门口，我才注意到，她竟然像个孩子似的，一路闭着眼睛。

我摇了摇她，她睁开眼。她的目光平视我。"刚才有一刻，我觉得自己似乎睡着了，双脚仍然跟着你往前走，我心里希望，永远不要睁开眼睛，最好就这样一直走下去，缓慢地走下去。我一睁开眼，就觉得自己站在了悬崖边上，或者深渊边上。"

"在我心里，我无数次回过那里。我太熟悉那条路了。"

那天下午放学后，她去同学家玩了，玩得忘记了时间。想起回家的时候，天已经完全黑了。天很冷，她流着鼻涕，急急忙忙往家赶。她沿着林荫大道小跑起来，就在这时，她突然看见不远处，就在小花园那儿，在离她十来米远的地方，她的母亲站在那里，站在石凳子边上，正和一个高高大大的男人说话。那个男人背对着她。女人似乎正准备离开，男人忍不住伸出手，拉住了她。

你怎么能肯定那是你妈妈？我记得那条路上没有路灯。

也许正好有车经过，车灯照亮的。那条路上，一直都有车。不管怎样，我知道，那就是她。肯定是她，绝不会错的。

他和她，就他们俩，在夜色里，在一起，男人的手拉着女人的胳膊。黑暗中的这一幕，清晰地刻在我同桌的记忆里。

后来呢？

什么后来？

你向他们走过去了吗？

她没有跑上前去，叫一声妈妈。

她跑上了林荫大道另一边的岔道。

宾馆房间里的酒也被我们喝光了。一开始，她还小口小口地喝，后来她咕嘟就倒下一口。她的妆糊得差不多了，酒后来变成两条细细的线，从脸上流下来。再流一会儿，所有的眼影、眼线、睫毛膏，都会消失的，会出现一张红红的清水面孔。

我们第一次睡在了一张床上。她睡得很不安稳，不时翻来翻去。床垫很软，可我脑海里想着她跟我讲的那些事，怎么也睡不着。

第二天上午，我们在宾馆门口告别，她向我微微点点头，我也对她点点头。一路平安。我对她说。我再也没有见到过她。

男人开始一天抽一包烟了。街角"烟纸店"的老板娘告诉大家。他以前从来不这样。大家不说话，等着酱油一吊一吊地，从一只长柄连着的小吊桶里流出来，灌进一只只空瓶里。那家小店里什么小东西都有，从雪花膏到橘子糖。

他先是站在窗前抽，后来坐到桌子前抽，再后来躺在床上抽。烟雾缭绕着他，烟头上燃着暗淡的火星，烟灰空悬着，像他一样，脑袋耷拉下来。有一次，大概是床单点着了，他的父母出现在了二楼窗前，烟雾从窗子里涌了出来，扑进灰灰的夜里。

不久后他开始喝酒。一天半斤，买散装的，老板娘告诉我们。一个星期天的上午，我去他家找我同桌，他在桌旁正喝着，一小口一小口，看起来斯斯文文。外表看起来那么气派的建筑，只有走进去了才知道，里面光线很差，很阴暗。窗玻璃厚厚的，挡住了外面的声音。自行车铃声也好，女人们大声说话的声音也好，什么都听不见了。在这屋里，大概随便喊点什么，外面也是听不到的。他惊讶地看着我，问我找她干什么。在那个暗触触的房间里，他大声地喊我同桌的名字。她的脸很快在楼梯口浮现。她后来告诉我，她和爷爷奶奶一起，住上了三楼。我没在里面待很久，我跑着出了长长的巷道，发现外面阳光灿烂，嘈嘈杂杂，一时还有点不太习惯。

我的同桌毕业于二〇〇〇年，那年夏天，她决定去日本工作。大学四年，她很少回家。但是因为要走了，她想，她也只能和自己的父亲告一次别。她必须让他知道，她要走了。他坐在一把摇椅上，对着阳台，酒杯在手里抖啊抖的。她站在他身边，说了自己的想法。他一开始没有动，一句话都没有和她说。她转身想走，他抓住了她的手。他挣扎着从摇椅里站直身子，把酒杯放到了阳台栏杆上。那一年，我同桌二十二岁，就算她的眼睛，她的样子，让他想起了自己妻子，但她们多么不同。她的脸因为紧张，变得红扑扑的。她的腰背笔直，不含胸，不佝背，健康得就像一根亭亭的青甘蔗。他慢慢地向她转过身来，"你也要离开我"，他的手紧紧地抓住她的肩膀，摇晃她，然后向里收，越收越紧。

"我喘不上气来，奇怪的是，我没害怕，我让他掐我。我知道我肯定要离开他的。他后来整个人都抖了起来，手也从我脖子上松开了。他又蜷缩进了摇椅。"

那个夏天，我的同桌浑身是汗地走出她拆迁到上海南站的家。天气热极了，她的身体黏糊糊的。她说，那一刻，她觉得自己是个孤儿，而那样，似乎更好。

看到自己家时，她的心跳得厉害。三层高的屋子完全淹没在了黑暗里，她从井的旁边走过，走进狭长的巷道，摸到了楼梯口。她已经火急火燎地走了一个多小时路。终于，到家了。她踮起脚尖，怕楼梯弄出响声。但是突然，灯亮了。她的父亲站在她头顶的楼梯口。"他恶狠狠地看着我，'你野到哪里去了？'"

皮带似乎要啪啪响地甩起来了。

人在做选择前，真是一点预兆都没有。

等到她母亲匆匆赶回来的时候，屋子里已经笼罩上了一层奇怪的寂静。

"后来中学里学到'溪云初起日沉阁，山雨欲来风满楼'，我一下子就想起了那个晚上。"

那个晚上她被安排和爷爷奶奶一起睡，楼上的家具和楼下的摆放位置差不多，盖在她身上的被子也很暖和，但她却做了一个噩梦，梦见自己在这间屋子里迷了路，各种家具都向她围过来，抽屉全都拉开了，露出一个个窟窿，像一个个牙尖嘴利的怪兽。她蹲下去，用双手捂住眼睛，但家具们继续向前，最后撞到了她，把她撞得浑身乌青块。她喊着妈妈的名字醒来，发现自己一个人躺在床上。爷爷奶奶都不在的床，又大又空。她独自一人，又昏昏沉沉睡着了。双脚却一夜都没暖过来，早上起来时，它们似乎更冷了。"最奇怪的是那种巨大的安静，它似乎充满了整座楼。"她喊妈妈，她的妈妈会给她梳漂亮的蜈蚣辫，她的喊叫声淹没在了安静里。她奶奶后来给她草草编了三股辫，就把她打发出了门。

再后来的事，她说她记不太清了。

女人躺在地上，而她从他们边上走开了。她爸爸让她去上学。他要她赶快去上学。她连忙颠了颠肩上的书包，咔嚓咔嚓地走了。

但她其实在小花园的石凳子上坐了几个小时。在她面前，是一片树丛，冬天，叶子都掉得差不多了，视野很开阔，可以看见另一边栏杆外，来来往往的车。她一直坐到手脚都麻了。天真的是太冷了。

我母亲也在那天的人群里，她说她清清楚楚看见了她。她躺在那里，脸很苍白，嘴唇的红已经褪得看不清了，眼睛闭着，一只手护在胸前，另一只手，随随便便垂到了一边，身体奇怪地向上挺着，大家甚至不敢高声说话。我母亲蹲下去，想把手放在她身上，想把自己身上的温暖分一点给她，但是人们阻止了我母亲。她的五官其实长得很好，我母亲说。

我从来没和她说过话，她的事我一点都不知道。但是见到她的脸之后，我立刻认出了她。年轻的她在一张黑白照片上，看起来只有十八九岁。她满脸微笑，双眼发亮，一身女学生打扮，坐在一棵树下，摆了一个姿势。背景有花有草，她的手里拿着一本书，蜈蚣辫粗粗的，搭在一边的肩膀上。所有的魅力，都定格在她简朴的白衬衫、黑裙子上。替她拍照的人没有注意到她头顶的叶子，那些叶子投下了一些阴影，投在她小半张脸上。她就这样，在一块泛黄的白桌布上，凝视着那个正在给她拍照的人。脸上没有皱纹，背看不出驼，一点也不憔悴。是的，她的五官其实长得很好。

　　这么多年过去了，林荫大道上的树被砍掉了一大半，屋子都被推倒了，新盖的楼盘外表基本相似，缺少混乱，没有残缺。人们结婚的结婚，离婚的离婚，出国的出国。那些年我母亲整夜整夜织出来的羊毛衫，布满了虫子蛀出来的洞。女人精心勾出来的花边，也全都泛了黄。搬完家的这些年，一个一个孩子出生，老人们一个一个去了，比如我同桌的爷爷奶奶。呼吸呻吟眼泪呢喃，时间有予无还。

　　有时候，人会突然知道，以前不知道的东西。

　　写着写着，我好像知道了，我母亲为什么会摇摇头，叹口气，说一声：作孽啊。

　　我已经说得太多了。

夏日

你的记忆就是个怪兽，它有自己的意愿，你以为是你拥有记忆，但其实是它控制你。……我和你讲个故事吧，我们的记忆真是靠不住。

只要是有点文化的人，我妈就会请他来家里坐坐。这样，我在上初中之前，见过教书法的、在法国留过学的、练气功很多年的、写过几首诗的……他们全都是六十几岁的老头，大部分佝着背，鼻子里漏出一点鼻毛。我妈对他们的尊敬态度总使我感到难为情。在他们上门之前，她会仔细打扫房间。然后用一把钢精梳子一个劲地梳理她的长头发，把它们梳成整齐的线条。有时这种勤快会使我们在菜碗里发现她的一两根头发。她要求我坐在那里听，我把双手压在大腿下面，可以在两分钟里一动不动。桌上摆着她准备的小零食：糖莲心、葡萄干、一只橘子或者一只苹果。我们平常不吃这些东西。

　　教书法的老师倒是大有名气。你可以在百度上找到相关结果约十四万三千个。百度百科上详细介绍了他编写的《儿童学书法》、《常用字字帖》。但我对书法从来没有什么特别的想法。

　　我们住的房子，据说是抗战时期，给难民临时搭的，就盖在马路上。房子不大，但却有上下两层。从马路沿子下到灶披间再下到一层的房间，总共两级台阶，挺绊人的，尽管如此，这地方还是来客不断。灶披间是我爸自己砌出来的，窄小、低矮，却是个藏闲书的好地方。水壶在煤球炉上呜呜地响，我妈跑进跑出，给客人泡茶或者冲麦乳精。

　　我不太喜欢那些老头，他们散发着老头的气味。这种气味用形容词说不清楚。我不喜欢他们把手放在我头发上。我把厌恶藏在心里。他们是不会察觉的。他们会觉得我很听话，有礼貌。对那些老头来说，最重要的是被人喜欢。但如果有谁真想靠近他们，他们就会步步后退。

我妈当然不能算是什么有学问的人，但你不能说她没文化。她中专毕业，经常捧着几本书在路上走。这些书看起来很有些高度，你也就明白为什么她的头总是抬得那么高。她的目光越过胸前四本一套的武侠小说，脸上带着一定要通宵读完的坚定。她喜欢和那些老头聊天，热衷于提问题。她的嗓音在我们不大的饭厅里总显得大了一点。她太喜欢争论和唱反调了。比如，郭林气功真的能治病吗？假如你站在能的立场，她会从禅定角度把所有以立姿练习的气功都说成地地道道的假气功。她也会轻而易举地改变观点，摇身变成吐纳派功法的拥护者。不管他们站在什么立场，我妈总有一堆观点等着发难。没人愿意当靶子。几乎所有老头，在来过我们家几次后，就再也不来了。对我妈来说，吃到苹果不重要，重要的是知道苹果是什么。练成气功也不重要，重要的是知道气功的坏处好处。

去东安公园的车钱是从一个搪瓷杯里拿出来的。它放在五斗橱上，一个三五牌台钟旁边，掉了瓷，露出中间的铁胎，里面盛着一分钱、两分钱和五分钱。我妈用它们买邮票，买早点。一九九〇年的夏天，我从一所普通小学考进了市重点中学，我妈觉得要奖励我，决定带我去公园玩。交通很方便，在肇嘉浜路上乘41路或者104路。那年我实岁十二，个头长得矮了点，与我妈所期望的相反。有段时间，她天天晚上帮我拉筋，可我的身高仍旧只有一米四。但我想通过走路的姿势表明我是个有主见的成年人。我的腰杆笔挺，我的步子大，有节奏，很快，非常自信。我妈远远地落在了后面。

公园里有许多竹子、院子、亭子。我们一定是走进了人最多的一进庭院。为了回忆起更多细节，我翻出了自己的小学毕业照。人群中我歪着头（爱思索？看起来聪明？），脸上没有一点笑容（一种过于早熟的冷淡？）。头发发黄（不仔细看，还误以为是光线照在了那上面），鬈曲得很厉害（我不喜欢我的头发。每次用我妈那把钢精梳子梳头，头发总会被勾住）。我其实已经不记得那些上午（我没有料到我引以为豪的记忆力会这样）。在我的记忆里，我妈总是一早带我去公园，我在那里尖叫着，嘻嘻哈哈地学会了溜冰，还学会了跳交谊舞。所有这些事确实发生过，可它们却只是栩栩如生地，留在了我妈的记忆里。我却怎么也想不起来。这就是对文学的顿悟。我妈在我床上翻个不停。已经晚上十点了，关了灯，屋子里黑乎乎的一团。暗地里她肯定在嘲笑我，因为她说，看起来是她而不是我，需要一支笔。

也许她真能写作。

在她的讲述里，有张老头的脸朦朦胧胧地出现了。黑夜里，他的名字从我嘴里蹦了出来。可我妈连他儿子的名字都记得。她说儿子那时三十多，结婚没多久，和父母住一块，外貌没有老头好，肩膀宽，脖子粗。你以后会不会得老年痴呆征啊，我妈说。

老头姓林，皮肤松弛，但非常白，身材中等，戴着金丝边眼镜。我不记得他有肚子。头发花白了，但并不少，向后梳得整整齐齐，紧贴在头皮上。一举一动都很讲究，很精确。有时他会戴顶巴拿马草帽，有时他会拿把拐杖，尽管他一点也没有瘸。我特别记得这两个细节。除此之外，那个夏天，在东安公园度过的那些上午，我彻底忘了。好像有面被雾气打湿的玻璃横亘在我眼前，我妈正努力用唾沫把它擦干净，好让我和她一起凝视玻璃另一边，一老一少模糊的轮廓。为此我妈足足说了半个小时。

我妈说我那天晚上回家后非常兴奋。那天白天，老头带我去了上海植物园，傍晚把我带回他家吃晚饭。我向我妈描述，我从没见过那么大、那么漂亮的房间。三室两厅的大空间使来自棚户区的我变得拘谨。家里没有的东西那里都有，没有一样东西是我熟悉的。木头餐桌的四围雕着雅致的花纹，桌上放着葡萄酒和怒放的鲜花，华丽的高背椅镀了金色，沙发上蒙着丝绒罩子，地上铺着地毯，墙上挂满了风格迥异的画，从水彩画到油画到版画再到钢笔画。每个房间的床都很大，书架上的书快到天花板了。和屋子里的东西相比，书桌上的东西放得很不整齐，印着小方格的文稿纸东一堆西一堆的……据她说大概有一个星期，我一遍又一遍地重复描述着同一些东西。

　　用"早点睡吧"这样的话是没法阻止我妈的。我只有听她说完，但对自己的健忘，我打算从心理学角度解释解释。比如，恢复的记忆，其实就是自我催眠的一种形式……

　　我所恢复的，是二十五年前的那个夏天。

　　我老觉得别人在盯着我看。我不知道是怎么回事，一定是身上的衣服在作怪。我妈那时在给"华亭路"服装市场做衣服，她觉得用那些剩下的边角料撞色、夜配色、渐变色做成不对称的、古怪的衣服就是时尚。我穿的衣服都是她做的。一条大方巾，两个对角揪起来打个结，往我脖子上一挂，她就能弄成一件内搭小背心。我每天穿过棚户区去上学，人们盯着我看。一定是衣服太离谱了，透过那些布我也能感受到人们的眼光。我挺着脊梁骨傻乎乎地严阵以待。

　　因此老头看到的应该是这样一个形象：她的眼睛一开始就是用挑衅的目光和他对视，她试图把每句话都说得铿锵有力，她用很有表达力的手势强化这种清晰。这些感觉和她矮小的身材、可笑的衣着完全不符。此外，她还有一头看上去很乱的头发，虽然剪得很短，看上去还是有点任性。

天太热了，才早上九点多钟，第一阵热浪已经袭来。他给我们三个买来了冷饮。给我的是一根紫雪糕，他和我妈吃奶油雪糕。我妈在很短的时间里了解到他的许多情况。一九二六年三月出生，湖南湘乡人，一九四九年进入第四野战军十二兵团，先是文工团员，后来去了总政文化部当编辑。一九五七年复旦大学研究生毕业，退休前是上海戏剧学院教授。我一看我妈脸上的笑容，就知道她被吸引住了。她最希望和这样的人坐在一起，好好交谈一番。不过这个地方完全不适合谈话。老头说起话来轻声细气的，我妈对着周围的大叔大妈不断射出嗔怒的目光，最后她从包里拿出一块镶着花边的小手帕，坚持让我擦干净湿漉漉黏糊糊的手。

他向我伸出了手。我犹豫了一下，接着握住了他的手。四只热乎乎的手。他开始教我跳舞。他注视着我的眼睛。最好的办法是把头低下来，双眼低垂，可我就是没让自己这么做。我目不转睛地盯着他。眼睛不是心灵的窗户吗？我等着眼睛告诉我一切。

许多年以后，当我努力回忆那些上午时，我发现自己并不是真的喜欢跳舞。但我乐意我妈每天一早把我带离棚户区。夏天，家家户户都有人坐在门外背阴的地方，他们把裤腿卷得高高的，无精打采。他们随地吐痰，他们咳嗽连连，他们一边摇着芭蕉扇一边审视着经过他们面前的人。有时我实在想出去晃晃，沿着凌乱不堪的某条小路往深处走去，往往会发现它连接了几条更狭长、更幽暗的小路。有时直接走进了死胡同，有时又能通往明亮的大路。大路上正对出口的，是兼了倒粪站的公共厕所。

他坚持邀请我去他家吃晚饭。而他的家，如此自然。你能看出，他们不需要为我的到来做任何准备。如果是我妈邀请他，她会一丝不苟地张罗好一会。她会把我的奖状挂在四周，客人好奇的眼睛不可能漏过任何一张。她扫地擦家具，异常仔细。她甚至不是为了炫耀我。那天晚上我第一次意识到，她的细心，让我有些心痛。

我一定和她说过。因为那以后，有四年之久，家里不再有人登门做客了。

十六岁时我有了男朋友。我们从冬天开始谈恋爱，到了春天，我打算把他带回家。那时我的父母已经离婚，楼下的大房间被一堵墙隔成两个小房间。属于我和我妈的那一半房间因此很暗，不过并不压抑。用来吃饭的方桌对着书橱。我特意选了两张风景画贴在书橱玻璃上。我仔细地调节灯的位置，把桌上的小灯压得更低，这样，普通的黑色木头表面，有了低低的一圈金光。最后我把楼上书房里的台灯拿下来，让它照着墙壁。散开的光线，有一种泻下的宁静。我希望一切都布置得很惬意。我在方桌边坐下，拿出镜子，调整着自己的角度，被自己光影下的脸打动。

他带着我一处一处看，给我讲解墙上那些画的来历。我步子迈得极其小心，不属于我的拖鞋对我来说太大了点。身上穿的那条淡紫色裙裤，也不太合身。这是我妈为了我去植物园玩赶做出来的。的确良布料让人热气腾腾，头发凌乱地绞在了一起，发际线边上那些碎毛，卷成了一个个小圈圈。我觉得自己看上去一定脏乎乎的。

锅子里炖着煮着的食物发出的浓郁香气，穿过厨房的玻璃门，像一阵风一样刮得我头晕。可晚饭还没准备好。他让我坐进一只小沙发。他的妻子这时端着一杯水出来了。也许是刚睡完午觉，她的脸红红的。他主动向她介绍了我，"她今晚和我们一起吃饭"。她点了点头，仔细打量了我一眼，转身进了厨房，"洗点樱桃吧"，她说。

这是我一生中第一次见到樱桃。红色的果子，绿色的梗子。在一张铺开的餐巾纸上，我把梗和核分类摆放。我紧紧地握着自己的手，拼命忍着不去吃完。他们坐在我对面的椅子上，她开始问起我的妈妈，她是做什么的？怎么有时间每天带我去公园？"哦，她长病假呀"，在她继续问我有关我妈的康复情况时，看起来比她年纪还大点的佣人从厨房走了出来，把餐桌一角的报纸和杂志拿起来，把它们插进贴墙立着的书报架上；把葡萄酒和鲜花放到茶几上，往餐桌上铺了一块桌布，开始往上摆起餐具。

　　在她刨根问底地打听我妈平时都干些什么时，他们的儿子儿媳进了门。看来他们更不知道要和我谈些什么。很快，他们让我在餐桌边坐下。那顿饭，我吃到了烤乳猪，但我更喜欢冬瓜火腿夹。看上去是厚厚两片冬瓜，当中夹了薄薄一片金黄色火腿肉，味道很清淡。不过我喜欢吃什么不重要，重要的是我必须把他们夹给我的一切全都吃完，这点我是很清楚的。终于只剩下一点时，他的妻子探过身来，往我碗里又加了一勺子什么。

　　"谢谢。"我说。我真想回家。在我自己家，没人逼着我装模作样。我想快点吃完，可我硬逼着自己慢悠悠地咀嚼。"你在长身体，你妈应该给你吃好点儿。"她一边说一边和蔼地笑。"她妈妈还给她请家教学法语。"他说。"哦，"她惊讶地看了我一眼，身体向后靠去，双手交叉立在桌上，"她希望你以后出国？你们去过法国吗？""我没去过上海以外的地方。"我知道我看她的眼神有点好斗了，我又低头塞下去一些食物。她向我描述起巴黎。我一点也不觉得她好看了。和我妈相比，她的脸实在太大了，眼睛那么小，还在不停地眨动。他拍了拍她的手，但她还在继续说。他看上去有点不耐烦，"把桌子收了吧"，他朝厨房喊。

　　在佣人清理完桌子上的东西，端上水果后，她拿出了相册。"真的，你妈妈得多带你去见见世面，她不能总带你去同一个公园，那公园，以前就是人家家里的一个园子……你不这样认为吗？"她转头看他。她的语速有些快。他用牙签戳着哈密瓜，一片，两片，三片，一直到吃完他才开口说话。"天晚了，送你回去吧？你妈妈要急了。"

"她已经考上初中了？"她把头歪向一边，注视着他。

"嗯，市重点。"他朝我微微一笑。

"你可以送她到车站，看她上车再走。"她的目光从我移向他，然后又转到我身上。

"我认识路，我可以自己回去。"

她立刻作出回应，"是啊，你已经是个小大人了。"她点了点头，伸出一只手，轻轻地放在我肩膀上，"你真是个聪明的孩子。"

他张开嘴，似乎想说什么。

在车站，他表情茫然地伸出了胳膊，仿佛想拥抱我，接着又缩了回去，一只落进了西裤口袋，一只落在了拐杖上。他的背微微地弯曲着，和我妈一样。

"他儿子叫林刚，那天他儿媳送了你一个包，白底蓝条，很清爽。包里装了很多上戏的文稿纸。那包现在还在家里挂着。"我妈说的这些我全没印象，日后我会如何处理那些东西？（"给你的，拿上吧。"谁说的这句话？而我居然愉快地接受了，把它们带回了家，我妈又一直珍藏到今天！）

"可是，"我说，"我只记得一个下午。"我妈非凡的记忆力让我不知所措。我不明白我的海马回出了什么问题。"就是他带我去植物园的那天，我总是担心他会对我做些什么……"我妈直截了当地打断了我，"他带你走之前，我问过他，他说不会的，他向我保证过。"

那一瞬间，我记起了老头的脸。准确而言，是他眼睛下面那两块黑眼圈，它们耷拉下来，干瘪了，就像是被人忘记了很久的橘子，布满细密的皱褶。

每天早上跟着老头学习跳舞的日子，大概持续了大半个月。跟老头单独待在一起，只有那个下午。既熟悉又陌生，让我心神不宁。他随便带我看了一些花后，走上了一条小路。似乎还有点坡度，土厚厚地压在我的皮鞋下，我越走，越觉得皮鞋沉甸甸的，两只脚在里面鼓鼓的，想要挣脱出来。衣服湿漉漉地粘在身上。天够热的。八月，天已经热了一段时间了。我只记得那条土路，无穷无尽地延伸开去。灌木丛将路切割成一小块一小块，杂草又把它们连接起来。空气很干燥，有股干土味，还有些从叶片上蒸发出的味道。微微浮在其中若隐若现的是他身上的古龙水气味。我觉得我察觉到了什么，可我对自己的这种直觉又不能十分肯定。一开始他想让我走在前面。他的胳膊挡在我腰的外侧，似乎觉得有必要护着我、指引我，迈出第一步，就好像小路陡然变成了一道危险的天梯。我坚持让他走在我前面。他的右手拄着拐杖，我的右手紧紧地抓着一截粗壮的树枝。它们碰击着地面。他慢腾腾地走着，不时还扫视着两边。他没有回头看我，一次都没有。一路上静极了，只听到呼哧呼哧的喘气声，鞋子啪嗒啪嗒作响。有几次鸟的叫声划破沉默。只有树桩、灌木丛和杂草的小路。没有能遮挡太阳的大树，没有花。最终我们走完了那条小路。我如释重负地扔掉了手里的棍子。我们慢慢地并肩而行，不再一前一后。我全神贯注地盯着路的一侧看，不知道他有没有特地看过我。在出植物园大门之前，他似乎碰了碰我，可这触碰在人群里，在光天化日之下，是短促的、轻盈的，像蜻蜓在我的胳膊上扇了扇翅膀。我甚至怀疑，这次触碰，是我想象出来的。

我的邻居开始重新装修他的房子，让我待在那样一个嘈杂地方我可受不了。噪音可真烦心。我无法写故事，尤其是这个故事了。这就是为什么我会和一个男性朋友一起吃午饭。我们不常见面。我们吃了足足两小时，吃到桌子上已经没有像样的食物。这时我的朋友想和我讨论一下，他想写写他父亲。"我父亲在白毛岭监狱教过书，我小时候和犯人一起玩过，可我完全忘记了……"

　　又是与记忆有关。

　　"你的记忆就是个怪兽，它有自己的意愿，你以为是你拥有记忆，但其实是它控制你。"我背了一句《犯罪心理》里的台词，"我和你讲个故事吧，我们的记忆真是靠不住。"

　　我说完那个夏天、那天下午，桌子上所有用于午餐的餐具都被拿走了，只剩下一个装了海盐的小银瓶子，两只倒了矿泉水的杯子。天气晴朗，阳光穿过窗玻璃，优雅地照射在桌布上。

　　"你不觉得奇怪吗？"我的朋友看着我，把架在鼻子上的眼镜朝上推了推，"你妈既然担心他会做点什么，为什么还让你跟他出去玩呢？"

　　"担心？我没什么好担心的。我心里是信任他的。而且，"我妈在电话那头发出一声长长的、低沉的叹息，听起来有点恼火，"那是什么年代，严打过去才几年？之前一年闹腾过，你考上中学那年暑假，人心刚收服，大家都很老实。"

　　回答完全没问题。只是，她为什么会去问他呢？

　　我的实习生看过我所有小说，这个复旦出来的本科生如此归纳："假如总结你的写作有什么特点，那就是小说最后呈现出的真相总是和一段童年性侵有关。"

　　就算这样，我也无法把我的文学想象和我妈告诉我的那些等同起来。

　　我妈在说那些的时候很冷静，就事论事。我觉得她在用一张崭新的纸割自己的一个老脓包。崭新的纸像刀片一样锋利，割破的一刹那根本不会感觉痛。可我是在旁边想象的那个人。

　　因为又生了一个弟弟，我妈被我外婆送去了乡下。那个地方没有上海法租界常见的高高的竹篱笆，没有优雅的鸟语花香。那个地方，夏天是生硬的，冬天是干硬的。到处是落下的尘土，可也没人忙着清扫。天再蓝也蓝得浑浊。房子看起来摇摇欲坠，其实是用石头砌的。灶间很大，墙壁和地都是污黑的。我妈从来没把那地方看成是家，但她在那里住了一年多。她的房间在最边上，朝北，到了十一月，就变得又冷又暗。九岁的小女孩更喜欢躲在灶间里。有时她在柴草堆里睡着了。灶膛内的柴火虽然烧尽，却依旧火红。她连一个朋友都没有。她走路的样子，她的穿戴，和那些乡下的孩子完全不同。在她宽大的红毛线外套下面，她是个身材娇小、肤色白皙的孩子。他们不会主动向她发出邀请。午后的灶间应该没什么人，她的头套拉到了胸前。她没听见有鞋子在泥地上向她走来。但她闻到了白酒醉醺醺的味道。

　　说老实话，她其实没明白是怎么回事。推推搡搡，有什么抵着她，她被什么掀起来，像气球似的轻飘飘，腾空而上，被掀到了柴草堆的另一边。喝醉酒的远房叔公站不稳，倒在柴草堆上睡着了。而她快要被压扁了。他的脸阴沉沉的，无精打采。她钻了出去。出灶间时，回头看了一眼，不知道为什么害怕起来。柴草堆立在那里，阴森、幽暗。为什么要把我丢在这个地方。她开始生气，生她妈妈的气。吃晚饭时她又一次见到了这个叔公，他看起来火气不小，只是强忍着。她竭力不去看那张呆滞的脸。晚饭后她躺在床上，发现有根柴火上的木刺划破了她屁股上一块皮，痒痒的，还有些火辣辣的痛，弄得她一夜没睡好。几个月后她妈妈来带走了她，但她刚见到她时，很不自在地沉默不语。

成了姑娘以后，她一直觉得自己不再是了，这个缺陷使她微微有些驼背，给人的印象是一个身材不错的妙龄女子驼着一只看不见的包袱。她低头走路，眼睛老是盯着地面，双手深深地扎入口袋，像是怕人瞧见她。就算一眼望去马路上全都是阳光，她也能立刻找到那条狭窄的，贴着墙根的阴影。

她积极响应了晚婚。即使这样，她整个人还是在挑剔的目光下暴露无遗。不止一个中年女人提议将自己认识的某个大学生介绍给她。她的外表确实可以，童年的秘密却决定，让她嫁给一个家世不错的后天智障。她和她妈妈，再没和解过。因此我见到的外婆，是一个很不高兴、总在生气的女人。

我一直错以为，我妈很浪漫、很勇敢。

我肯定会觉得奇怪，她怎么能嫁给一个傻子。当我听她说，她是爱上了比她大十七岁的同事、傻子的表哥时，我写下了我的第一个短篇小说。亲戚间的走动一周顶多一次。表哥离去后，我妈的内心形单影只，就算我在她身旁，她也是孑然一人。她和我住在阁楼上，夜里，被锁上的实木楼梯盖板时常发出响亮的呻吟，傻子站在盖板下的楼梯上，弄出不可思议的噪音。我妈孤零零地和她不懂事的养女厮守在一起。我让自己的笔写下联翩的浮想，把我妈想象成为爱不顾一切、被巫婆囚禁在塔楼上的公主。

"如果他发现什么，他也不会打我。" 我妈就这么结束了我的想象。如果那时我知道的是这一个故事，我还打算把它写下来吗？这一个故事，即便不是索然无趣的，对一个十五岁的文艺少年来说，也缺乏可言的美感。

我妈说这是她第一次无所顾忌，说出真实情况。不会再有人记得，多年前，有个小姑娘，跑出灶间，一直跑到了田埂上。小姑娘看上去很漂亮，头发却弄得乱蓬蓬。散落在田埂上的黄色稻草被风刮了起来，在空中转得晕头转向。

"那他为什么会选择教我跳舞？"

"因为整个东安公园，只有你和他，都穿了白裤子。你穿的那条白裤子是我做的，前短后长，前面看是裤子，后面看是裙子，很特别。"

我想起了那条白裤子，它是用绸子做成的，飘逸、轻盈，却怪模怪样。我每次穿上它，走过棚户区，眼睛都只能笔直向前看，心怦怦直跳。

他的个子比我高多了，直腰挺胸，穿的是潇洒的白西裤。我的个子矮小，头还没到他的胸口。我的动作很僵硬，而他则很自如。我们大相径庭。

我没有注意到我妈。不加掩饰的目光，容光焕发的微笑。他们相视而笑，笑得如此会心。

网上没有林老头的照片，但是有他的论文。全部看完大概得花好几小时。他从中国传统的审美角度分析了戏剧美学中隐与显的辩证关系，他说中西方都不缺乏显隐交错的典范之作，这种"深山藏古寺"式的以隐为显、以藏为露的艺术表现令人回味无穷。他讨论美学中的移情论，认为事实上，人在观照审美对象时，的确存在着移情的心理过程……我看啊看，看见自己不知怎么就回到了家，看见我妈那张好奇的脸正瞅着我，等着我说点什么。我朦朦胧胧地看到了那张长了老年斑的脸，有些发褐的眼珠。他的嘴，那里一圈，深深的皱纹像是用刀割出来的一样。它们在我眼前前后摇晃。我开始描述那套三室两厅的桌子椅子。在没有窗户的大客厅，我看到阳光透过窗户水一样泻下。我妈听得很高兴。只有色彩鲜艳的、长长的、美丽的描述，能像一只轻灵的小鸟，欢叫着，从那条干裂的小路上方，一飞而过。

久别

我找人算过命，看过手相。星盘或者塔罗牌，也都一一试过。我总是想知道，未来会怎样。可是十几年前的我不会想到，我还在这里。

我坐在出租车副驾驶座上，三月底的傍晚，单看天空算是晴好。手机一查，空气质量指数却在 101，橙色的轻度污染。就在这时，接到了一个号码完全陌生的电话。

　　"喂？"我一边应答一边伸出左手，调低收音机音量。

　　"我是章琳，刚到上海，有空见个面吗？"

　　把手机放回口袋后，我的脑子有点乱。不管怎样，章琳在上海只待一星期，一星期后，她就要回她的慕尼黑了。

　　"你现在怎么样，还在杂志社？你妈妈怎么样，她身体还好吗？"

　　她问了我一堆问题。我说很好。实际上，我刚经历了不算顺利的本命年，有点意气消沉。至于我妈妈，她当然也挺好，生过一次带状疱疹，疼痛也就几个星期。疱疹总会慢慢干瘪下去的。

　　餐厅里，男男女女三五成群。我往里走了几步，没错，她就在那儿。一个人坐在桌旁，面前放着一瓶巴黎水。她其实背对着我，我们之间隔了好几张桌子，服务员还在当中穿来穿去。我没有想到我能一眼认出她来。

　　她留了披肩发。看见我，她立刻站起身，似乎想要拥抱我一下，但我把手里提着的一只纸袋递给了她。一点小礼物，我说，你的气色真好。她身上穿的裙子我没见过。在此之前我从没见过她穿裙子。是一条黑色的珠片裙，闪闪发亮。脖子上挂着一条绕了三四圈的珍珠项链。两只胳膊晒得黑黑的，整个裸露在外。我注意看了看，曲线紧致，没有"拜拜肉"的迹象。看上去，她过得很好。

我们已经十几年未见。曾经，她生活里发生的那些事，在我听来像是新闻。她和我在同一片棚户区长大，可我直到念中学才认识她。她家在棚户区的最北边，紧挨着建于一九三〇年的"步高里"，那是一片旧式石库门里弄住宅，七十九幢整齐的二层楼房，一水儿红砖外墙。

她父亲是一名年近五十的大学教授，她母亲却是一个四十不到的年轻裁缝（比我妈整整年轻了八岁）。她的爷爷奶奶住在太原路的别墅里，他们一家三口却挤在她母亲娘家的小屋里。第一次去她家，我的注意力就被桌上的画册吸引了。色彩艳丽的画册看起来精致极了。旁边堆着剪了一半的布料。下午她家总是没人。我们穿过马路走进"步高里"，曲曲弯弯，一路上看到的全是自行车，靠着墙根。每扇大门上都挂着信箱，用毛笔写着好几个姓氏。我们靠在最里面某扇紧闭的后门上，隐约能闻到厨房里做完饭菜，剩下的味道。光线洒在红砖墙上，镀成一种美丽的金红色。猫不知从什么地方钻出来，又消失。她从衣兜里掏出一包"红牡丹"，"来，抽一根。"她表现得像个十足的小太妹。香烟在拇指和食指之间捻着，我们对着地上的青苔弹下烟灰。煞有介事。和"步高里"相比，我们住的房子像是随便用砖堆起来的，逼仄、低矮、毫无生气。冬天寒冷而乏味，夏天闷热又潮湿。黄梅天一到，墙壁就弥漫起一股霉味，整个七月逗留不去，直到八月酷暑到来，被热烘烘的空气蒸走。我那时开始在纸上写下一些自己也不太明白意思的句子。用工整的钢笔字抄在草稿本上，拿给她看。"我看不太懂"，她抬起眼睛看着我，她的眼形有点凹，里面流露出惊讶，接着是迷惑，最后是一点点不以为然。"你想做诗人？"她指了指竖在她面前的本子。"怎么可能，"我说，"我就写着玩。"

　　服务员来了，递给我们一人一本黑皮菜单。你看上去有点疲倦，她一边打开菜单，一边说道，还是整天写东西吗？写东西的人心事重，你睡眠一定不太好。

　　"你真是一针见血。"

　　"你知道吗？某某生癌去世了，听说是骨癌，据说她是我们同学里最早去世的。"

　　太可怕了。我说。

　　"我一直以为生癌的都是老人。"

　　"我看过一篇文章，说是得不得癌症全靠运气，变异随机发生。"过去的两个多月里，我几乎每天都在床上度过。要静养，医生说。自从去年十二月底做完手术，我做到了"尽量不想不愉快的事"。一上来就谈癌啊死的，这种情况并不常见。我努力让自己的声音不带任何情绪，"你呢，这次怎么想到回来了？"

　　不知什么原因，直到她离开上海，也没有回答我这个问题。

　　十年前的章琳，头发剪得短短的，身上穿的是牛仔裤和圆领T恤衫。十四岁时她身高超过我，此后一直比我高小半个头。虽然和我记忆中的样子相差不大，但披肩发和碎刘海使她显得比实际岁数年轻。桌上的小蜡烛闪闪烁烁，她的脸在昏黄的光下看不出一丝皱纹，乌黑的头发还是那样浓密，脸上带着一种我无法形容的笑。她越来越像她妈妈，据说她妈妈活泼好动，还当过长跑运动员，这使她在整个中学时代，面对八百米跑神态自若。而我显然已露出老态，总要刻意收一下小肚子。

　　那天，我们之间没有出现尴尬的沉默。她的两只手动个不停，她几次三番提到她儿子，说他已经会说三国语言，平常爱弹吉他。说到他的一些趣事时简直绘声绘色。从照片上看，是个瘦巴巴、长得还不错的男孩，我注意到，他的下眼皮长了颗痣，有点突兀。"他现在迷上了重金属，卧室墙上贴满了罗柏僵尸的海报。"看来我们喜欢同样的乐队，我心里嘀咕。

"你能相信吗？我儿子已经十五岁了。"她说。

真是难以置信。我想起那年夏天，她告诉我她决定休学一年时的情景。"看来你从来没后悔过，"我说，"如今大家一定都很羡慕你，那么早就当了妈妈。"

"是啊，"她赞同地点点头，"你说得一点没错，有时别人把我们看成姐弟。"但她突然摇了摇头。她显得若有所思，但是很快，她又露出微笑。

她还说了说她的新男友，一个喜欢拍狗的摄影师。说到他时她拿起手机，给我看了那男人给狗拍的好几张照片。我微笑着点头，对每张照片都给了几秒钟的注意。我只说生活中好的一面。我没有孩子但我出了好几本书。我都去过哪些地方玩。

感叹、赞美来来回回了好一会儿。无关痛痒的话题而已，我们之间的气氛却很活跃。她聊得那么起劲，没有喝酒脸却越来越红。我不记得她有过这副样子。那些年，她话不多。有一次，她用大拇指甲沉默着掐自己，掐得那么厉害，为了一件什么事呢，我已经不记得了，竟然掐出了血。

我们都考上了复旦大学，我在外语系，她在高分子科学系。据说那是她父亲的意愿。她总在教室里埋头学习，因此我很少见到她。即使在食堂见到，她也不怎么和我说话。我经常去图书馆，找一个靠窗的座位，看一整天的书。小说是读不完的。很快我交了新朋友，写诗的、玩音乐的、画画的。晚上一群人经常一起涌进国定路上的酒吧，酒吧墙是砖砌的，贴着外国乐队的大幅海报，音乐响极了。大家一边喝便宜的啤酒，一边讨论某个自以为至关重要的话题。他们身边总是围着许多女生，他们知道怎么和我们说话，说些什么。每个女生手里都拿着烟，没完没了，谁也不关心烟是从哪来的。烟头被掐灭，被捻灭，被踩灭。在烟缸里，在木头桌上，在水门汀地上。可是面对那些话题我既没有立场，也没有观点。每个人都在大声说话，争吵，而我没法谈论的东西太多了。我努力跟上他们的讨论，很多夜晚都困得要死，另一个我浮在半空中看着我：你真的觉得这些很有意思？

　　大概就是从那时开始，我一开口说话，语速就很快。这只能暴露出我的紧张、兴奋（自认有身份的人，总是把语速控制得极其缓慢）。每段话开始之前我都加上一个疑问句。你知道吗？你们知道吗？"我不知道，你知道吗？"我后来的男友喜欢这样反问我。渐渐地，我喜欢上了几个玩摇滚的学生说话的方式。他们说话全都以"操他妈的"开头，没有诗社那些人抽象的用语，或者含义不明的措辞。和他们比比，我的想法也没有那么不成形。"操"，真是一个清晰的表达方式。十七年后的今天，我仍然经常重复这个字。

　　不上课的大部分时间，我都待在他们的地下排练室。我在那里看书，慢慢喝我的啤酒。有天下午，只有吉他手在。他自己弹了一会儿，突然探过身来吻我。他的眼睛里有一种疲惫还是厌烦的神情（毕业后我去听的摇滚演出多了，发现那样的神情简直是随处可见）。他解开我的牛仔裤时，我没有拦他。我们在一堆用来消音的泡沫板上做爱。我很快睡着了。醒来的时候，屋子里漆黑一片，伸手一摸，发现身边空着。我坐起来，还是感到困倦。角落里，音箱灯一闪一闪，他戴着耳机坐在那里。红色的光一闪一闪。某个我听不见的旋律在一闪一闪。这样的事又发生了几次。每一次，我都坐在泡沫板上，赤裸着身体，注视着他在黑暗中，一个人听着打过口的唱片。

一个星期六的上午，我在校园里碰见章琳。我们站着简单聊了几句，她说真羡慕我的生活。"你们系就几个女生，我觉得你可以恋爱了。"我说。她摇摇头，低头看着脚尖。"晚上我们要在相辉堂排话剧，你来玩嘛。"出乎我意料，她来了，远远地站在那里，冲我笑了笑。比我高一个年级的男生走向她，毫不费劲地和她搭上话。她的头发剪得短短的，露出整个额头。他们要我介绍她。我看见她两只手绞在一起。"他们都是食肉动物。"她在我耳边悄悄说道。她待了一会儿就走了，我目送着她的背影，感到如释重负。

有天晚上她来寝室找我，告诉我她开始画漫画了。这是她来看过我们排话剧之后几个星期的事。"画漫画？"我惊讶地反问。"嗯，功课太无聊了。"我们坐在下铺同学的床上，屋里很安静。可能期末考试快要到了，大家都去了自修教室。"好吧，"我说，"我记得你妈妈画的那些时装画很漂亮。""怪就怪在这里，我一直以为我更像我爸。"她那身为教授的父亲，总是在学校，总是在工作。中学七年，我只在放假时见过他几次。圆圆的脑袋，粗粗的胳膊，相貌平平。我还记得他问我的第一个问题是："你喜欢化学吗？"

"我现在越来越不想去上那些专业课了，我想换个系，重新开始。"她随手拿过我的笔记本，在上面涂涂画画，勾出一个九头身的长发美少女。"你说，我是不是失去了理智？"美少女笑得很美丽，没有一点迷惘的表情。我放下本子，叹了口气。中学七年，我一直觉得她的生活大体上比我有规划、有条理。"你都读了那么多小说，应该可以建议我点什么……"我摇摇头。她打量着美少女，美得真是没啥特点，然后看着自己的手，看了似乎很长时间。

屋子里有点冷，我们越坐越冷，于是一起下楼，去东门那里买酸辣粉丝汤。"我现在有点明白你写诗时的感觉了，"她对我说道，"是不是每一笔下去，都感觉有点不真实？""我已经不写诗了。"我说。那时我正想着如何让自己变得与众不同，可我身边所有朋友都在写诗。我把话题转到玩摇滚的男生身上。她说她觉得他们任性、傲慢，换女孩和换首歌一样。

"你现在还画漫画吗？"

"早就不画了，有数学就够了。统一、对称、简单。关于这个世界，数学足够表达。"

儿子两岁时她突然决定去德国念数学，一直念到获得博士学位，进了一所地方大学，做起了助理教授。

接下来她问起我的写作情况。有大半年，我几乎什么都没写。我心里还有什么能展示出来呢？我用一些工作掩盖这一事实：在一本纯文学杂志做编辑；指导一些年轻的写作爱好者；参加各种读书会；研究一些历史人物……

"真不错，"她说，"我还记得你发在复旦校刊上的一篇散文。那时你喜欢用寂静、阳光明媚、烟雨迷蒙那些词儿。"

这个夜晚不需要回首往事的。我们的情况都不错。

吃完甜品我们又聊了一会儿。她总是说回她儿子身上去。她拥有我所没有的，但我总是觉得，等待孩子长大的过程更是一个负担。我已经不在乎了。我从来没在乎过，不是吗？

在餐馆门口分手时，她突然提出，明天想带儿子和我见见，一起逛逛我们少年时逛过的那些地方。身后传来一些人分手前醉醺醺的说话声，我感觉有什么在戳我的太阳穴，duang,duang,duang。

四月一日，愚人节。在"步高里"门口，我见到了一个鸭舌帽少年，即使长长的头发把他的眼睛挡住了一半，我还是一眼认出他来。章琳看见了我，朝我挥手。前一天晚上，在出租车上，我已经在脑海里制定了计划。我要带他们去一下尚街 LOFT。我们曾经住过的棚户区被夷为平地后，建起了这样一个时尚生活园区。百度百科对它的描述是：国际时尚中心地标，"上风上水"之钻石地段。然后，沿着建国路，可以一直走到"田子坊"。气温高到了二十五摄氏度，在这样的大白天，牢记着"春捂秋冻，不生杂病"的我，还穿着呢子外套。太阳高挂空中，阳光热昏昏的，天上完全没有云，光影在地上刺目地流动。为了打破我们三人之间的沉默，我没话找话问那男孩，"这里怎么样？天气真不错，是不是？"他礼貌地点点头，把长袖 T 恤的袖子卷到了肩膀上。章琳走到了我身旁，黑色的长发盘在脑后，她的样子跟我记忆中她母亲的样子，几乎一模一样。我注意到，过了一会儿，男孩偷偷地戴上了耳机。我深深吸了口气。我想他听不见我说话了。但是过了几秒钟，他又偷偷地摘下了一边。那一半耳机线在他胸前一跳一跳。

我努力把注意力放在此时此刻，章琳在我右手边走着，而我尽职地指出一些变化，像是真有什么人会感兴趣。但我的眼角余光忍不住向后瞟去。男孩的 T 恤，一半塞在牛仔裤里，一半荡在外面，看起来整个人都松松垮垮。我带他们看了我们曾经流连忘返的几个角落，告诉他们梧桐花园里发生的一些故事，以及嘉善路上，哪家馆子适合吃夜宵。章琳不时插上一两句，让谈话顺利进行。男孩对一切都似看非看，不像他妈妈，不时对一些东西大加赞赏。我们逛进"田子坊"的时候，男孩问，他可不可以坐下来，喝一杯冰的饮料。

我们选了一家二楼有露台的餐馆，可以俯瞰下面的街道。他们在我对面坐下。"你还好吧"，章琳一边翻看饮料单，一边头也不抬地说，"你看上去有心事。"

"有点怀旧吧，"我说，"没什么。平时我太忙了，都没来过这里。"这样的说法听起来似乎有些夸张。

"我都想不起来以前这里是什么样了，不过总觉得天要更蓝一点。"

男孩点完可乐，把手伸进自己的斜挎包，从里面掏出一台KINDLE，低下头开始看起书来。他会喜欢读哪一类书？看着章琳和儿子一起，我心里开始产生动摇，她的选择，无疑不是错的……一切都表明她过得非常幸福，这多少打破了我内心的平衡。我以为我三思而行、仔细考虑了。我找人算过命，看过手相。星盘或者塔罗牌，也都一一试过。我总是想知道，未来会怎样。可是十几年前的我不会想到，我还在这里。自己现在拥有的，到底是该为之高兴，还是黯然神伤呢？直到放了柠檬片的苏打水端上来，我才把自己拉回这个让人热昏头的日子。

"只待一星期，时间太紧了。可去的地方太多了，你打算带他去哪里看看？"

"外滩、东方明珠，有这些就够了吧。"

我们从外滩上世纪三十年代的建筑讲到了德国的教堂，每周一次的自由集市、啤酒和肉肠。男孩已经喝光了可乐，把空杯子推到了桌子的中间。"要不要再来一杯？"我问他。我只要一伸手，就能摸一摸他的头发。他摇摇头，"我想下去逛逛。"他把手搭在他妈妈的肩膀上按了按，"噔噔噔"地下楼了。

章琳探出脑袋，打量了一下街景，突然回过头问我："你有没有想过大学的那段日子？"

"当然想过，但不会经常想。"一种焦虑的情绪从胃里泛了上来。

"有时我会变得很怀旧。"她一边说着，一边转动起桌子中间那只空杯子，"昨天见到你后，想起了很多事。心里很乱，也很激动，不过，真的很高兴见到你。"

我不知怎么说下去。确实，她也把我带回到了从前。那时候，一切都那么简单。

"我那时……走得很艰难，我已经把自己连根拔起了，就只能换个地方再把自己种下去。"

"你现在很好，真的。"

"也许吧。"

短暂的沉默。

"那天你为什么不等等我？我想和你一起走的，但是我喝得太多了。"她越过我的肩膀看着我身后的某个地方，然后把目光又转向我，"我醒来时，他已经不在了。他们都不在了。"

在不到一分钟的时间里，十五年前的盖子就被揭开了。也许我将永远背负那种内疚感，没有任何东西能帮到我。脑袋开始一跳一跳地疼。不知道为什么我一点都不感到惊讶，我好像从接到电话起就知道她想说什么了。露台背光，有点太阴凉了。外面阳光那么好，但我没法起身离开，走进那片阳光里。于是我坐在那里，静静地等。

那天晚上，是那几个玩摇滚的学生第一次登台的日子。其实只是作为暖场乐队，表演了三支曲子。但我们都很高兴。我叫来了章琳。她刚洗完头，散发着草本植物的清香。她现在走到哪儿，随身都带着她那本素描本。在酒吧里庆功的时候，她一会用它懒洋洋地给自己扇风，一会又掏出铅笔，草草画点什么。

闹到近午夜，酒吧要关门了。一多半人先回了宿舍，我和章琳跟着剩下的一些去了排练室。烟、酒、灯光、暖意，让我瘫在了椅子里，昏昏欲睡。这时章琳捅了捅我，将翻开的素描本推给我看。

"他和他们都不一样。"她说完，期待地看着我，似乎该轮到我点评了。

我扫了一眼。画面上的男孩，耳朵里塞着耳机，闭着眼睛。

"是啊，他总是在听音乐。"我说。我注意到，她把他下眼皮上的那颗痣，画成了一颗星。

我把本子合拢，推还给她。

"要是能让他摘掉耳机，听我说话就好了。"她出神地看着他。我把一瓶刚打开的啤酒递给她。总是有人拿来刚打开的啤酒。酒瓶子握上去冰凉冰凉。我问旁边人要来一支烟。我一边抽烟，一边努力让自己去看鼓手，去看主唱，去看键盘手，去看贝斯手。他们在屋子里蹿来蹿去。

"真奇怪。"我说。

"奇怪什么？"

"他们怎么就那么高兴。"

"你不高兴？"她说着，从口袋里掏出一条口香糖，撕掉了包装，塞进了嘴里。

持久香气，祛除异味。她停止咀嚼的几个瞬间，嘴唇微微分开，我感觉到她清新的呼吸。清新又急促，就像春耕时节雨后泥土的气息，渴望着被翻动。我怎么会突然想起鲁藜的诗来：老是把自己当作珍珠／就时时有怕被埋没的痛苦／把自己当作泥土吧／让众人把你踩成一条道路。房间里弥漫的烟气让我全身无力，只想回到自己舒服的上铺床上，美美地睡上一觉。一觉睡到第二天中午，去食堂打几个好菜，然后再喝点儿可乐，也许再去图书馆翻翻最新的杂志。

但她留在了那儿。

我是把她留在了那儿。

然而。

没有人送我，没有人和我告别。我顺着马路朝东区的女生宿舍走去。头开始疼，好像一头撞上了墙。我在路灯下用手捂住了脸。

我睡醒起床，发现才早上十点。洗漱完，吃了一个蛋饼，在修车摊上让人给自行车打足气，我骑了上去，沿着国定路、邯郸路、曲阳路、东体育会路，一直骑到了甘河路岳阳医院。

前几天，我向章琳借了几百块钱。"你要用这笔钱做什么呢？"

"马上要二十岁了，我想给自己买件礼物。"

"想买什么呢？"

"还没想好……"我说。

她没再问什么。

在那几十分钟里，我忘记了章琳，忘记了凌晨的悲伤，我把心思集中在双腿上。暖融融的阳光晒在我的背上，让我觉得自己就是一棵阳光开朗的向日葵。这片刻的阳光给了我勇气和决心。

事情最后总会过去的。

那之后，我没再找我的那些朋友。我不再记得他们的脸，即使我在梦里梦到过，他们都只是模糊的，若有若无的影子。我开始用功读书，大清早就离开宿舍，穿过整个校区，步行到燕园，一路背诵单词。

我再次见到章琳是在三个月后，她因病申请休学一年。那时棚户区已经拆迁，他们一家没要房子，拿了补偿金，搬进了太原路的别墅。那次我没见到她父亲，她母亲一直笑眯眯的，说整天忙着做小衣服，还说读书急什么，任何时候，想读都可以再读。这时，章琳从一本《育儿指南》上抬起目光，对我礼貌地微笑，说谢谢我来看她，然后让我保密。我很快就告辞离开了。那之后，我没再见过她。我们的友情就这样，被搁置了十几年。

"哪天来德国玩吧。我们开车去黑森林。"

"好的。"我说。

她笑了。

"你看上去，真不错。"我由衷地说。

她的儿子还没影子。她从包里掏出一包烟，一只打火机。我想告诉她，我刚做完手术，不能闻烟味。她把一绺掉下来的散发拢到耳后，点上烟，深深吸了一口，吐出一大口淡蓝的烟雾，探过身来，像二十几年前一样，不容置疑地，把它递给了我。我犹豫了一秒钟，还是接了过来，轻轻地，把它放进嘴里。

小伙伴

我不是独自一人。
我以为我是独自一人。
但其实只有死亡会让人孤身一人。

我们打了辆出租车，爬了两层木头楼梯，来到我租的老公寓房。为了吸引法国人达米安，从认识他那天起我就重新布置了房间。东南亚一带的旅行纪念品在窗台上一字排开。烛台上插好蜡烛，房内散发着印度熏香的味道，沙发上扔了许多尼泊尔产的靠垫，老式家具三三两两，质感都还不错。床头柜上放着青瓷花瓶，故意只插了一棵野草。沙发前有只老樟木箱，用来搁吃的喝的。我点上蜡烛，从厨房里拿了瓶红酒，替两只玻璃杯斟上酒。

　　"我很喜欢这地方，"达米安坐下来，喝了口酒说，"感觉很像老上海。这里原先是法租界，对吧？"

　　达米安穿蓝色牛仔裤、白色长袖衬衫。他在我周末就读的法语培训中心当老师。认识他之前，我已经上过两学期课，可以在 MSN 上和他天马行空随便聊聊。他身材不错，仍然看得出大学时热爱运动留下的肌肉。我二十八岁，每天练瑜伽，出门必涂防晒霜，大部分人都认为我顶多二十五岁。我把头靠在沙发靠背上，仰头看着他，觉得这个故事的走向基本已定：我不会再换男朋友了。

　　我向他简单介绍了一番我租住的地段。建国西路，原来是法租界公董局筑的一条打靶场路，从这条马路辐射出去的衡山路、复兴中路、淮海中路都是有名的马路，有无数名人故居和历史优秀建筑，几十条林荫道永不拓宽，外国人来上海最喜欢逛的地方。

我没有告诉他，就在这样一片老洋房林立的上只角，有一片保留了几十年的棚户区，借由一条和建国西路相交的嘉善路，把建国西路都阻断了。在那里，我住了十几年。

"你怎么会想到学法语？"

"法语……是……世界上……最美……"他搂住我。那是我们第一次接吻。

基本上，每个学习法语的人在被问到为什么要学习法语时，尤其是在被法国人问到时，都会这么回答。"Parce que le français est la plus belle langue du monde"，这句话我说得很顺。嘴唇被吻遍了，拉链拉开，鞋子蹬掉，他拉着我的手往床上躺下。我们的动作大了点，蜡烛跳动的火苗闪了几下，其中一下，闪过我模糊的记忆：很小的时候，我就学过法语。

第一次学法语的时候，我几岁？怎么会学起了法语？这些问题，九年后我才重新想起。

那是在我生病开刀，开始在家休养以后。

我妈一个人住在拆迁后分到的大房子里。我生病前，她只来过我家一次。那时我刚和达米安领证。我告诉她我们不打算摆酒，她的反应可说是波澜不惊，只是，出现了冷场。金色的光线透过玻璃窗，亮了一地。她的目光移到达米安的脸上。达米安的眼睛细细的，瞳孔颜色随光线而定，或深褐色，或琥珀色。那天是琥珀色。他冲她笑了笑，我能看出他的笑容里透出紧张。"那你们想要孩子吗？"我摇了摇头。"为什么？"她问，目光开始紧盯我。"没什么，就是不想要。""他没病吧？"她用上海话飞快地问道。"我们都没病。"我说，站起来去厨房给她倒了杯水。

我生病后，她来我家看我的次数明显增多了。和几年前一样，她还是把一头灰白长发拢在脑后扎成马尾，眼睛看起来神采奕奕。我注意到她一进屋，达米安就会借故离开。我们住的房子不大，她在仅有的一张沙发上落座，赞许地拍拍旁边的空气净化器。我们有一搭没一搭地说话。

"要喝水吗？"我问她。

她自己去饮水机那里放了一杯水，取出一只小白瓶，小心翼翼地滴了几滴液体进去。

"那是什么？"我问。

"细胞食物营养素浓缩饮液，不是药，比药好。"她喝了一口说。

"治什么的？"

"治各种病，关节炎感冒肝炎胃炎高血压高血脂……听说人休克时直接滴在舌头上就可以苏醒过来。"

蠢，又被洗脑了，我心里骂了一句。"治好了你什么病？"我无精打采地问。

"晕车。来看你我要换两部车。"

"给我看看？"

她把小瓶子递给了我。配料表上写着：海洋深层水、米醋。

"什么味道？我能尝尝吗？"

我喝了一口她递过来的水，真酸。

"虽然酸，但很管用。"

我叹了口气。

"你就把它滴在水或果汁里，一次八到二十五滴，一天喝三次。我给你带了好几瓶，一瓶要四百多呢。"

她把它们放在桌上。我克制着不去心疼钱，之前平静的心情已经无影无踪。事实是，退休以后，她每年在这样的保健品上花几万人民币。

我咂巴着嘴里的酸味，闭上了眼睛。"老妈，"我说，"你还真是怕死啊。"

"是啊，怕死了。"她继续说，"你不注意，你就生了病。"她把身体向我凑过来，"我觉得你得喝点了。"

我睁开眼睛，我们对望着。她瘦削的颧骨上已经有不少老年斑了，还是挺清秀，但不知不觉间，她已经是个怕死怕得要命的老太太了。

"妈妈，我打算写写你。"说着，我从床头柜里取出我的小笔记本，匆匆写了几个字。

"你写什么？"她问。

我递了过去。

她用她那有点金属味的嗓音大声读了出来："教会女中、卵巢癌、针灸麻醉、一生一次性生活、领养、长病假、一天几种保健品。"

从确诊那天算起，我已经有三个多月没写作了。

"这些都是你要写的题目吗？不好，我一个都不喜欢。"她把本子还给我，郁郁不乐，"花那么多钱培养你，可不是让你来丑化我的。"

从我五岁开始，她就塞给我太多东西。五点起来压腿劈叉练功，悬腕写二十张大字，背一整页成语词典加两首唐诗，十分钟内做两百道一百以内的加减法……不堪重负时我就离家出走，躲进附近建筑工地的水泥管里。没人到处找我。深夜待在里面，冻得够呛。真是没地方可去。我直接跑回了家。她给我留了门。我脱了鞋，没入黑暗的屋子里，脚步声一点儿也听不见。床头灯突然亮了。她坐起来，双眼炯炯。但她给我冲炒麦粉，用大碗装着端给我。小学五年级我交了男朋友，他和我一个班，把可乐罐做成花篮送给我。初中二年级，我把看上去总是一团乱麻的头发剪短了，抽大前门，喝嘉善黄酒。高一时我和在大学念书的笔友混在一起。他们穿运动衣，弹木吉他，我会和他们一起听打口磁带。电锯一样的音色，我闭着眼睛，是最安静的那个。他们站起来，推来推去，撞来撞去，我也被拉起来，我的皮肤和他们的皮肤碰在一起，他们的汗水让我也出了汗。夜里我读劳伦斯，把《查泰莱夫人的情人》里的性描写改头换面写进日记里。我用了那个故事的每个细节。我总会在日记本上留一根小头发。我不知道头发是怎么挪了地方。

我妈已经对我绝望，她骂我不自重不自爱，从小就不学好，以后不会有人要我。她还说我基因不好。说这话时她浑身发抖，就像有人在摇晃她。我还小的时候，我妈就告诉我她捡了我。那时她说，谢谢老天让她有了孩子。

但我没和任何人谈恋爱，我甚至考进了复旦。

"我那时管你管得有点太严了，你肯定很恨我。"

我笑了，是真的笑，我明白我原谅她了。

"别人都想看笑话，"我妈说，"我不想让他们得逞。"

"可你逼得太紧了，我都没时间玩。"

"你可以和猫玩。你每学习一小时，我都允许你玩十五分钟。"

最多的时候，家里养过七只猫，它们到处乱跑。其中六只小猫都是它们的妈妈大白猫在家里生下的，每只都是我妈接生的。她把手洗干净，把灯全打开，大白猫用力蹬直后腿。刚出生的小猫是个灰色的泡泡，我妈迅速用手撕开胞衣，用一条提前准备好的热毛巾给小猫擦拭口鼻。我什么忙也帮不上，就在旁边看。小猫闭着眼，细弱地叫，我用指尖小心翼翼地碰一碰。我妈等的可不是它们。要再等五分钟，胎盘才能娩出。每只胎盘都要等二十分钟。据说猫的胎盘很难收取，母猫会自己吃掉。我妈和母猫比速度，眼疾手快，看着碗里的胎盘，她脸上光灿灿。

二十八岁那年，她被检查出患了卵巢癌，在国际和平妇幼保健院动的手术。一九七七年，她被切除双侧附件、全子宫、大网膜及阑尾。手术全程使用的是针刺麻醉。术前一天，针灸医生对她进行了不到三十分钟的术前探视，教了她一些放松和呼吸技巧，确保整个针刺过程顺畅。医生许诺她，只会有一点点不适，甚至没有。"依靠中医取得治疗效果，将为主席和中国增辉。"我妈相信这是真的，她对主席对医院都充满信任。针灸被用来减缓疼痛的历史长达上千年，但在一九五八年，毛泽东批示前，没人将其应用于手术。她告诉我，她闭上了眼睛，就像睡着了一样。手术室里的医生一直在交谈，简单的家长里短。她从没抱怨过，她说她不是作家，形容不出来。她一共住了三年医院，接受大蒜液静脉点滴、化疗、照光。就是那时她开始收集新生儿的胎盘，蒸熟了吃，连盐都不放。不知是胎盘的特效还是她自身的免疫力在提高，癌症没再复发。出院后她开始养母猫，就盼着它们生崽。胎盘洗干净后，可以和鸡蛋一起炒，也可以混进馄饨馅里。或者把它们展平、烘干、捣成粉，和其他东西搅和着吃。我妈一个人吃，吃得津津有味。我偷偷尝过一次，腥到反胃。

六只小猫，有黑有白，有黑白杂色，我最喜欢的那只全黑。"跟它爸一个颜色，"我妈说，"它长大了肯定很凶。"和大白猫交配的黑猫是邻居家的，很壮，皮毛特别亮。

"人还能看后天，猫只能看先天。"我妈拿来一只塑料脚盆，把小猫全都放进去。她开始慢慢摇晃起盆子，小猫受惊了。它们有的把脸藏在爪子中间，有的滑下去，尾巴竖向空中。也有的用尽力量扒住盆子边，胡乱抓挠着，四肢微微抖动。挤在盆底的那些，看上去小得可怜，在彼此身上滚来滚去。最后只有一只，扒到了最后。孤独的小黑，我最想要的那只，它的叫声盖过了所有其他小猫。"就留它吧。"我妈把它放在我的手掌上，它毛茸茸、肉乎乎，凄厉地叫了几声。

打那以后，一有空，我就去找小黑玩。乌黑的小黑，它最爱在屋子里奔来跑去。大白猫摇摇摆摆，总是蜷在哪里睡觉，安静得没啥动静。小黑一会儿在地上打滚，一会儿追着自己的尾巴转圈。只要有根稻草逗它，它就不停地扑腾着跳起。四条小腿还很细嫩。蹭地、离地、掉下去，我会一直这样玩它，玩到它四条小腿颤抖几下，随即缩成一团，脸朝下趴在那儿，像要把头钻到地底下。我蹲下来看它，把脸凑近它，它把头转向一侧，不再理我。我去学习一小时后，它的体力又恢复过来了。"小黑"，我叫它，它跑出来，眼睛亮亮的，我在前面走，它在后面跟，在房间里撒欢儿。我把它抱在怀里。那么幼小的生命在轻声叫唤，在用小舌头舔我的手指，我用手指沾了一点牛奶。它一定和我一样，感觉很孤单。我把它放到地上，抚摸它的小肚子，它为我躺了下去，四脚朝天，扭动不止。我坐在那里，它在我脚边转来转去，有时它像个小猴子，攀上我的裤腿，四条腿缠着我，尾巴晃啊晃。

我真希望它能开口说话。

据说灾难来临前，动物们会逃走。它们会迁移到其他地方，尽可能避开地震海啸。可是那天天气晴朗，那几天都阳光明媚。它黑得那么耀眼，但是那辆卡车没有看见它。我再没见过它。我妈不让我见它。我只看到轮胎滚过之处，留下一道血痕，沾着一小块湿漉漉的皮毛。夏天的柏油马路摸上去发烫，只有那一小块潮湿。我蹲在地上。我想把那块地皮整个剥下来。死没有任何气味可我开始吐。我妈告诉我我把早饭全吐出来了，吐到后来是水，还在不停地干呕。"你一边哭一边吐，伤心得像你妈没了。"我其实不太记得了，我只记得，打那以后我再没养过任何小动物。

我在床上慢慢挪动身子。手术后才五天，绷带绑得很紧，一圈圈回旋，夜里我只能往一侧蜷曲着身子，滚着撑起来上厕所。后背终于贴到了床头板上。我妈看了我一眼，叹了口气。

"你长这么大，只去过两次医院，还记得吗？都是我在家里帮你治。"

上次是在脸上缝了七针，这次是在胸前背后开了三处口子。其他头疼脑热的，我妈久病成医。她住院几年，和她同过病房的女人全死了，她迷信地觉得，医院是人肉身记忆的最后一站，所以也是鬼魂流连最多的地方。我小时候，她每星期去次医院，回到家就往床上一躺。这次在医院陪了我几夜，她怪话不断。什么早上离开医院就像被剥了壳的乌龟，浑身不得劲。或者说她被老妖吸了气。"你不觉得医院里死气沉沉的？"她说，"它们都想吸走你的精气神。"话是这么说，但她看起来并不害怕，既不信佛也不信神，但她坚持不过生日，"人不能在阎王面前招摇"，每年那天她都揣好我给她的红包，穿上洗得最褪色、最松垮的衣服出门去银行存钱。

关于上次进医院的回忆很乱，思绪绕来绕去的。下午放学后，我和另外几个三年级女生挤在沙滤水水槽上；一群男生站在地上围着我们；我爬到水槽边上一个更高的平台；我弯腰拉另一个女生上来；我摔到了地上，眼镜撞击到了什么上；能隐约听到其他孩子的声音；我被体育老师放上食堂的黄鱼车；也许还坐了其他人，经常有人跳下去推，推着奔一会儿，又跳上车；黄鱼车风驰电掣开进中山医院；我不记得自己痛过，连是不是流了血都不记得；上了年纪的男医生站在我床边，俯视我，他一直在叹气，说我破相了；我央求他，"千万不要告诉我妈，她会打我的"。我很高兴她没打我。她搂着我，脸蹭着我的头，我后来尝到了一点咸味。有半年时间我没吃到过酱油，她说疤痕会发黑。

至于这次，一直到麻醉面罩落下之前，我都清清楚楚，但我更喜欢十岁那年，那种不清楚周围发生了什么的晕眩感。十五年后，我还是懵懵懂懂。第二任养父得了胰腺癌，我妈说我不用去医院，有她就够了。

我离家上大学后就几乎没再见过他。"我每天坐在他床前看着他,他整天昏睡,不进食,小便黄得接近酱油色,心跳一百三十多,我都不知道该怎么办,你来反而让我操心。"我就去和朋友喝酒,去那些喧闹的周末派对,去和日后不会再与我有任何瓜葛的男人几小时几小时待在床上。我对死真是毫无感觉,接到我妈的报丧电话时,我脸上喝出的红晕还没完全褪下去。"我就告诉你一声,"她说,"你不用来,这里可伤元气了。"

这会儿我天马行空地想起那些事。那时我二十五岁,有很多选择,自由自在,无拘无束,现在想起那个在医院里住了三个多月的男人是毫无意义的。如果我当时去看过他,照料过他,我的左肺又会变成什么样?在我自己生肺癌之前,我还没见过一个正常人濒临死亡。当然,小学同桌的妈妈算一个例外,她似乎死于自杀,有人说她死于安眠药过量。死亡似乎是无迹可寻的。我妈非常注意,不去提起那些上了年纪的远亲。她从不带我看望病中的亲朋好友。她会说,他们受损的元神会像夏天的苍蝇一样黑压压落到我身上,这样我的元神就会变差。病人吸走的好元神越多,身体就好得越快。为什么她从来不换个角度想想:健康的我站在病房里,充满正能量,气场开始向我倾斜,所有残存的元神,突然都,归我所有?

我从来没反驳过她,但我妈最终会明白,她希望我躲过的那些东西,没几个人能躲掉。

"你躺在那里,我都不忍心看。"镇痛棒失效后我整整痛了一夜,每一秒都清晰得让人受不了。出了很多汗,床单被我睡得皱巴巴的,我也显得脏兮兮的。过去我生病,我妈会给我准备白米粥,里面铺满一层肉松。收音机开着让我听歌,还会陪我玩一会儿牌。她只会玩"24点"。这一次,只要我一看她,她就会冲我笑笑,疲惫,半心半意。

"你打电话来告诉我你生病了,我一晚上没睡着。我一点力气都没了。"她喃喃自语，说她怕失去我，怕从此一个人。

"还早呢吧，哪那么容易。"我有感觉，生命还好好在我身体里待着呢。多几道疤倒是容易的。只要化化妆，我就能把自己弄得又像新的一样，但我的胸部自此不再平滑。

我们一个坐在床上，一个坐在沙发上，有一会儿，屋子里静静的。陪护我那段时间，她得了黄疸，整个人变得非常黄，再加上熬了几夜，一下子老了许多。而我似乎也在老去，一点一点地，缓慢地，就像我左肺上叶那个直径约五毫米的结节，它是什么时候形成的？肺还在那儿，它藏在里面，在我屏住呼吸时，它也屏住呼吸。我不知道它在那儿。几乎所有人都说："发现得那么早，你运气真好！"我也这么觉得。我向每个关心我身体的人热情推荐老干部爱去的华东医院："那里的医生水平也许不是最高的，但是体检用到的设备可能是全上海最好的。"

"你以后不要再累着了。怎样心情好就怎样做，要学会放松。命比一切大。"二十多岁的时候我妈可不这么说我，"你过得太散漫了！"上海发动抗日示威大游行那段时间，她整天嘀咕我在大学学的四年日语是走了弯路。"以后没人再来找你翻译怎么办！"她建议我"重拾法语"，"法国是第一个和中国建立大使级外交关系的西方大国，中法关系向来不错"。这话听起来合情合理。在她持续唠叨了几个月后，我去"法培"报了名。花了将近三年时间，从A1.1学到了B2.3。也是四月，空气闻上去很不对劲，我坐在书桌前大声念网上的新闻："巴黎火炬接力抗议事件使很多中国民众感到愤慨，并普遍认为法国该负事件恶化的责任。……抵制法国货，从家乐福开始……"我妈镇定地做着家务，一声不吭。

"你怎么会想到让我小时候就学法语的？"我眼睛瞟到书架上搁着的一些照片，都是我和达米安的合影。其中一张，他的手放在我的肩上。我穿了吊带裙，露出锁骨，头发乌黑地披在脑后，咧开嘴对着镜头傻笑。也就两年，我怎能想到自己竟会生癌，还生出许多白头发。拍照那次，我们是在朋友家。一个夏日派对，请了达米安和"法培"的其他几个老师。我们一起喝啤酒，抽烟，在院子里烧烤。我们吃了很多炸薯条和烤鸡翅。要用很多油才能把薯条炸得金黄。医生问我，你平时做不做饭？我摇摇头。他告诉我，接触高温油烟，患肺癌的风险会增加。家里请了阿姨，但那个周末，我一直待在厨房里，热得大汗淋漓，头发像被抹了油，卷得特别厉害。我希望达米安的朋友们喜欢我。如今我看着自己，真想把那张照片拿下来，将它夹进一本再也不会去看的书里。

我妈笑起来，那笑容荡漾在黄黄的面皮上，显得很坦然。"我喜欢法国呀，我从来没喜欢过俄国。"我妈生于一九四八年，是家里三个孩子中的第二个，没受过什么宠爱，所以表面看起来脾气很好。"我对革命没兴趣，不喜欢俄语，总想学法语。"

我妈工作前一直住在南市区的大兴街，存款达到六百后她给自己买了房，搬进了徐汇区。那里的人可不会轻易对陌生人友好，我妈搬去之前就知道这点，但她并不怎么在乎。"没多少人值得做朋友"，她说。高兴时她冲向邻居们笑笑，不高兴时就低头匆匆走过。领了我以后，主动和她打招呼的年轻妈妈多了起来。其中有一位，我妈很快和她成了朋友。"就住在我们右手边过去五家，她儿子很可爱。"我妈先认可了她的工作，她在离我家不远的卢湾区图书馆上班。"说话声音很轻"，我妈回忆道。整个棚户区，和我年纪一般大的小孩不少，但没被送去幼儿园念书的只有我和她儿子。"他们可以一起在家学习。"不知是谁先提议了这一句，另一个随口回答："好啊。"这两个都爱看书的三十岁母亲在选择请家庭教师教法语这件事上严丝合缝地默契了一回。

没过多久，她俩就找到了一位。初夏的一个下午，家住"步高里"的老头走上了我家阁楼。年轻时他在法国留过学，一九五六年上海外国语大学法语语言文学专业成立，他进去教书，"文革"时扫过大街。他告诉我妈，扫大街那些年，他得到的是已经失去几十年的一种平静感，为此他对婚姻破裂、子女离弃保持了平和的心态。"他床头柜上放着安眠药，吃了药还是睡不着，就起来抄写法语诗。"老头的花体字写得很顺溜，说话却磕磕巴巴的。两个母亲最后决定每月付他二十元授课费，因为商定在我家上课，由我妈准备他的茶点，我家只须承担五元学费。

我妈这么絮絮叨叨时，我在脑海中努力搜索着记忆。老头佝着背，走起路来一瘸一拐，念一遍字母表就会呼哧呼哧喘气。稀稀拉拉的白头发。不过，每次来上课，都梳得整整齐齐。他甚至还喷古龙水。我妈去过他家几次，说他早餐会吃涂了黄油的面包，屋子里一股煮咖啡的香气。可是在我们家，她每次只给他准备盐水毛豆、苔条花生米。他颤颤巍巍地爬上楼，缓缓没入楼上唯一的那把木头靠背椅子里，椅子就放在窗子旁边，我妈把窗子擦得干干净净，但他一眼也不看窗外，他低头看书，看字母卡，似乎已经做好准备，要重新开始多年前从事的严肃教育事业。我妈给他端来热茶，给两个在高脚凳上扭来扭去的小朋友倒上麦乳精，课就开始了。

男孩姓蒋，他酷爱被框框框起来的东西，比如他家的相册，我家的相册，以及他收藏的那些火花，还有洗干净的糖果包装纸，它们都压在透亮的长方形框框里。他打开它们让我看了一遍又一遍，每次嘴里都要嘟哝：小心点，小心点，轻点。

"我们已经学习了 A 到 Z，是不是？"老头的注意力突然从课本转向我们。我们假装没听见他。

"他现在怎么样了？那男孩子，我后来好像没再见过他。"

我妈摇了摇头，她在沙发上挺了挺身子，叹了口气。

男孩瘦小的模样在我的脑海中电影画面般显现出来，他比我大两岁，有黑亮的大眼睛，睫毛浓密纤长，比我认识的所有人的都长。他总喜欢凑近我说话，他的高脚凳在我的左边，所以他总在我的右耳边呼吸，头发散发着苦味儿。我那时在武术队学习，个子和他一般高，感觉自己是他的保护者。他喜欢把脸埋在手心里，朝手心哈气，告诉我那样脸就看起来红扑扑的，我试过，温暖而又洋溢着湿热的眩晕感。有时他会伸出手指玩我的辫梢，它又细又卷，像小黑的尾巴。

"你背出字母表了吗？"他小声问我。

"你们一个一个来。"老头用食指关节敲了两下桌子。

二十六个字母在我嘴里咕噜咕噜打着转，像黄油在嘴里一圈圈化掉。老头随身带着一小罐黄油，我希望他没发现少了一点。男孩背得比我清晰，但是背得气喘吁吁，他吐出每一个字母都像是重重吐出一口气，背完又喘两口气。老头吃着花生米，一粒一粒送进嘴里，咀嚼的声音像是在给我们伴奏。

有个周末，两个妈聚到了一起，我们四人一起去肇嘉浜路林荫大道玩。林荫大道的中段有个很小的园子。因为被树木挡住，走近才会发现，这是一个四周都有栏杆，独立的小园子。园子里有些花，总体看起来杂乱无章，到处都有野草蓬勃生长的身影。蜘蛛漫无目地结网，蒲公英的细茎修长优雅，两个妈坐在园子前一张有点歪歪扭扭的石头长凳上，三心二意地聊着天，看我们吹蒲公英，采小红莓，拔狗尾巴草，把大个的黑蚂蚁捏起来，放到尖尖的草尖上。大概我折断了太多小黄花？他突然回头看我一眼："你说它们会疼吗？"才不会呢，我说，明年它们照样会长出来。

"你都玩了快一个钟头了，不累吗？"两个妈的脸上都落了长长的树影，都跷着二郎腿。

"不累。"

但是男孩还是跟着他妈转身往家的方向走去。

我不记得我们是怎么离开那个园子的了，好像我妈用力拉着我往前走，而我低着头，走得别别扭扭，很不情愿。为此我给那园子起了个名字：不不园。

肇嘉浜路改成双向十车道的时候，开来很多机器，机器的轰鸣声湮灭了昆虫的叫声，机器压碎了很多东西，不不园只是其中一块零碎边角料。

我妈开始说起别家的事来。我靠坐在那里，快要睡着了。手术后，我不敢再熬夜，下午也会打个盹。我靠在沙发里，倚在床头边，伸直腿，身上裹的被子让我看起来像是一堆物品。太阳照亮东南朝向的内阳台，显得房子很有朝气。

"我后来没再见过他，你知道他现在在做什么？"模模糊糊中，我突然想起这个问题。

我妈抬起头，她的目光触及我的视线，显得有些惊讶。

"我有点想起来了，那时你说我们俩在一起不学好，就不让我们再学法语了。为什么你会觉得我从小就不学好？"从医院出来才几天，咳嗽一直没停。我咳了一阵，用手轻轻压住上叶切口处，压住那里传来的疼痛感。

"你从小就喜欢和男孩在一起玩。五岁半就喜欢亲人家，抱人家。我总是打你，但你还是改不掉。带你去公园，看到漂亮的小男孩，你就会走到人家跟前说'我看见你，就想亲亲你'。别人都在笑你，你还露着牙齿笑。"

笑不露齿行不摇头踱不过寸坐不露膝站不倚门手不上胸……我怎么

还记得这些。

"我不记得小时候的事了。"我说。

我妈冲靠在床上的我咧嘴一笑，"你才那么点大"，她用手比了一下。

"我就亲人了？"

"是啊，你从小就是小大人。"

"我也亲他了吗？"

男孩的形象渐渐真实起来。

"嗯，我是那么说过。我说你们在学亲嘴。"

"我们……玩玩的吧……"

我朝我妈笑了笑，眨了眨眼，但她避开了我的眼神。

"和他……没……可你……死只猫你都哭成那样……"她嘟嘟囔囔。

我想起自己后来跪在那一小块潮湿旁边，哭得上气不接下气，有蚂蚁爬上我的膝盖我也没有把它掸下去。天太热，我哭得想吐但是没办法停下来。那些天我妈对我特别温柔。因为整个卵巢被切除，她二十八岁就进入了更年期，本来一到下午她就会阴晴不定、一触即发，那些天她连和我说话都轻声轻气的。她对着我被硌红的膝盖吹气，用她整个身体紧紧裹着我，反复抚摸我的头发，给我做溏心鸡蛋，还带我去了次动物园。

"我一直没告诉你，他那时已经查出来血液有问题，免疫系统疾病，医院说活不过半年。"我努力想，想不起他背字母表的声音了。我可以想起他的样子，但就是想不起他的声音。

"我不想让你知道他快死了。停课后没多久他就……"我妈终于看了看我，她居然已经有了那么多皱纹，脸、脖子、双手……她摇了摇头。

我不知该说些什么。又想咳嗽了。被切开过的胸口一阵震痛。

我往下滑了滑，把被子拉高，盖到脖子下面。我怎么都想不起来，我们一起上的最后一堂法语课。那天下课后，他和老头一起出了门。在和我说再见时，他有没有露出笑脸？他走到路口，打算向右走去，而我就这样看着他走远。他停了一下，转过头看向我，我在阁楼窗户后对他挥手。他转回头，消失了。

他们再没来过我家。

我将自己抱成一团。我妈走过来，拍了拍我，她小心地把我的头抬起，把抱枕垫在我脖子底下。在我努力坐起来的时候她把手轻柔地放在我背后，给我支撑。

"你没事，"她说，"你会好起来的。"

有小黑的时候，我妈总是把它洗得干干净净的，她先把肥皂抹在自己手上，再抹到它的毛毛上，把它洗得乌黑发亮，剪掉它指甲，把它放在我的小床上。它趴在我腿边，我抚摸着它丝缎般光滑的身体，看着它眯起眼睛。

我不是独自一人。

我以为我是独自一人。

但其实只有死亡会让人孤身一人。

我妈走的时候，天已经黑了。临走前她替我打开了客厅里的吸顶灯。其实没关系。没亮光没关系，我能感觉到自己身体里仍然有光。虽然四分之一的火堆已经熄灭，但还有四分之三在燃烧。

无花果

其实，无花果也是有花的，只不过它的花很隐蔽，它的花，是在果子里面。

曹亚男！有一天，我和我九〇后的实习生在大街上走着，突然听见有人用上海话喊着这名字。我知道这是我的名字，可这么多年，它已经像是别人的名字，有些失真。我回头，看见一张似曾相识的中年女人的脸。她的名字立刻浮现在我的脑海，一个老邻居，一些细节。如果不是在大街上偶遇，我恐怕不会想起我们做邻居的那十五年。我让她扫了扫我的微信。我们连电话号码也没交换。有了微信以后，有时一连好几天，我都听不到任何电话铃声。

新的朋友。江志萍请求添加你为朋友。她没有给自己换个名字，头像也是她真实的大头照。绿色的接受，是否要点击呢？

几天以后，我去尚街 LOFT 开会。以往去那一带，我总是办完事就走，那一天，我却有一种很奇怪的感觉，很想重新好好走一走嘉善路、建国西路、永嘉路、襄阳南路……会不会还有什么人记得我，依然在那附近，依旧循着那些曾经四通八达的小路，继续过着我从前在那一带度过的那种日子。

从前，是什么总让我感到寂寞压抑？是因为嘉善路一带曾经是著名的贫民窟？而我曾经以为，只需离开那片地方，就可以把那些被自己远远甩在身后的东西忘得一干二净……

一九八一年三月的一天，一个女人站在肇嘉浜路这边，看着肇嘉浜路那边蹲在地上的一个女孩。她刚买完菜。因为隔得有点远，她看不清她的长相。女人在上海市第六百货商店工作，当会计。因为查出得了卵巢癌，手术后在家休养。在那个年代的女人里头，她个子不高不矮，略显消瘦。因为经过了几次化疗，脸更尖削些，头发已经快掉没了，光秃秃的脑袋用一顶线帽遮着，显得一双黑眼睛特别的大，嘴巴线条强硬，脸色苍白。

孩子还蹲在老地方，好像是忽然从林荫道树丛里钻出来的。"她在干吗？"她心里想着，慢慢穿过马路，沿着林荫大道悄悄走到了孩子身后。孩子好像在玩蚂蚁。她也蹲下去。孩子下意识地往边上挪了挪，她正对着一队搬运东西的蚂蚁专心致志地看着。女人观察到她的头发剪得短短的，黄得像枯草一样。真是个黄毛丫头，她想。已经三月了，孩子还穿着棉裤棉袄，棉裤的裤脚有些短，棉袄上沾满了污渍，看起来脏兮兮的，胸前挂着一块小牌子，她伸手去翻看，孩子躲闪了一下，还抬起头瞪了她一眼，沾满黑道道的脸上眉头紧皱着，有些粗野。

"看样子你爸爸妈妈不要你了。"

"妈妈叫我在这里等人。"孩子站了起来，揉了揉眼睛。

"等谁？"

"等新的妈妈。"

孩子有明显的苏北口音，女人老家就在那一带。

"你叫什么名字？住哪儿？"她看向孩子："我得把你送去派出所。"

"他们叫我小三子。我不住这儿，我们坐船来的。"

孩子一直在不由自主地颤抖，搞不懂她到底是因为害怕还是生气。她垂着脑袋，眼圈红红的，眼神直勾勾地看着地上。

"我没打碎过东西，我没做错什么事，妈妈为什么不要我了？"

她把牌子紧紧贴在胸前。那上面写着她的生辰八字：戊午　丙辰

戊午　癸丑。

"那你记得你是从哪儿来的吗?"派出所里,年轻的女户籍警一遍遍问。孩子抽抽噎噎了好一会儿才说,她只记得是什么村的三组了。

"你还记得你爸爸妈妈都做什么工作吗?"

"他们都在地里干活儿。我们都在那里玩,我大姐负责带我,她每天背我去上学。"

"爸爸妈妈喜欢你吗?"女人问。

"大姐总是说,为什么我不是个弟弟。"

孩子又重复了一遍:"为什么我不是个弟弟……"

女人盯着这个脏脏的孩子看,孩子用脏手挖鼻子,在衣服上留下点点黑迹。

"你要不要跟我回家?"她问。孩子没有吭声。

她伸出手去摸了几下孩子的头发,孩子突然讲起话来。"他们总是让我和外婆睡在一起,外婆一直咳,她晚上从来不开灯,屋子里黑乎乎的。"

"你肯定很害怕?"

孩子倔强地摇了摇头,"不怕。"

很多年后女人才知道,孩子曾经和一大家子住在一起。孩子的外婆生了十一个孩子,活了七个。她曾经跟其中一个得肺结核的舅舅并排睡在一张褥子上,那舅舅年纪轻轻就死了。褥子铺在外婆房间的地上,外婆生了二十多年的老慢支。孩子度过的每个夜晚都不安宁。和夜里剧烈的干咳声相比,黑暗怎么会吓得着她呢。孩子曾经一个人躲在灶台旁睡觉,旁边堆着烧火用的玉米秆,小虫子在柴禾堆里籁籁地响。

但是那会儿,女人不知道这些。办理完收养手续,成了孩子的妈后,这个喜欢一个人待在阁楼上,在黑暗里坐着一声不吭的孩子,常常让她觉得困惑。孩子似乎天生喜欢孤独。

初中四年、高中三年，我都是在永康路上的市二中学念的。我总是一个人。只需顺着嘉善路的弹硌路，穿过建国西路横马路，钻进一条长长的弄堂，再从另外一个豁口出去，就到了襄阳南路。再向右一直走，经过"乔家栅"，穿过永嘉路，再钻进一条更长的弄堂，经过无数两层楼三层楼的小房子，走出一种恍然大悟感时，就到了永康路上。马路的斜对面，就是市二中学。那样的穿行会让人感受到一种轻微的晕晕乎乎。好像所有的出口都会在某一个时刻任意打开，好几次，我甚至就这样穿进了太原路上的别墅区。也许还可以走到更远的地方。

现在，我已经没法重复我过去七年，每天上学放学基本不变的路线。有过几十年历史的嘉善路棚户区，如今已经荡然无存。建筑的颜色变得明亮，整片街区不再有什么特别的地方。

曾经，我养母的家就安在嘉善路 526 号，一座小房子里。这片棚户区的居民大部分是苏北人。我养母显得非常严肃，她对任何人都彬彬有礼，但并不亲切。

房子两层楼，比当时一般上海市民的住宅面积略微大些，她还雄心勃勃地搭出了灶披间，扩建出一个三面围合，正门向马路敞开的天井。天井一角用几根竹竿搭了个简易的丝瓜架。邻居偶有牢骚，但他们被她的气势震住，只敢背后嚼嚼舌头。夏天时她穿深蓝色布裙，秋天会在脖子上系一根彩色纱巾，就算冬天她戴一副袖套进进出出，邻居们还是觉得她很时髦。她看人时从下往上，略微翻一点白眼，这种表情显得既大胆又自然。她的娘家在南市陆家浜路，中学是在市八女中念的。市八女中的前身是清心女中，解放前是上海有名的教会学校，校舍造得很漂亮。大草坪，冬青树，东南西北四幢楼。北大楼的顶楼还有个大剧场，上下两层，翻位座椅是柳木的，幕布是紫色丝绒的。她在那里的舞台上，跟着自己的俄语老师排过话剧。白衬衫，蓝裙裤，可惜没有留下照片。

在路上偶遇江志萍后，一天晚上，和我养母电话聊天时，我提起了这件事。她问我："她是不是还是一身红？"我想了想，竟然不记得她那天穿了什么。为了能看到她的个人相册，我点击了"接受"。相册里，她出现在这个城市不同的消费场所，配上抒情的描述。比如："与命运最强大的抗争，是活得优雅从容"；"能认真品尝美食的人，都自带光芒"……照片里，她穿得更像一个制服空姐，这个四十岁出头的女人总穿着藏青深灰的各种套装，配上色彩鲜艳的小丝巾。我选了几张发给我养母看，她惊讶于她现在的低调。"她过去很要好看，红色的连衣裙红色的外套红色的小皮鞋，还总欺负你，说你穿得土，像个乡下人。"

女户籍警把孩子送来后，女人去淮海中路上的第二食品商店跑了一趟，买回来一小包大白兔奶糖，在麦淇淋蛋糕和猪油百果松糕中犹豫了一会儿，她选择了前者。她还买回一瓶酸牛奶。气喘吁吁回到家后，她端出一对紫色荷叶形玻璃托盘，把蛋糕放在其中一只上，在另一只上她倒下一堆自己藏在铁皮饼干桶里的零食：四分一根的脆麻花、一分一颗的水果糖、三分一小包的盐津枣、五分一包的拷扁橄榄。酸奶玻璃瓶上的圆纸板已经被揭掉，女人把吸管插进去后递给孩子。这顿点心还是花了点心思的，既有小零食让孩子动心，又有酸奶、蛋糕营养身体、填饱肚子。最后女人还去冲了碗炒麦粉。对于一个病患而言，女人的动作算得上敏捷，她把家里的好东西都摆在了饭桌上，饶有兴致地看着孩子把酸奶举到眼前，用吸管仔细戳着里面稠成一块一块豆腐一样的酸奶。孩子吸了一口，马上吐了出来，直接吐到了地上。

"馊的！"孩子宣布，把瓶子推得远远的。女人没有反驳她。孩子的嘴里塞满了蛋糕，她还没学过吃相这个词，而且她实在饿极了，她大口喝完了炒麦粉，没有用勺子。女人自己炒的小麦粉很讲究，和磨碎的芝麻、核桃、冰糖拌在一起，很是香甜。女人和蔼地望着她，这时才注意到，还没给孩子洗一把脸。

"等她吃完就给她洗头洗澡吧。"女人看着这个小家庭的新成员，很想弄明白她到底什么时候会喊她"妈妈"。孩子应该已经吃饱了，她一个劲地盯着自己的手指。

洗头时果然发现了不少虱子和虮子，女人打了几次肥皂，用她纤细的手指用力揉搓，用热水使劲冲洗，再用竹篦子拼命梳，将它们从头发上篦下来挤死。指甲盖不断压出噼啪响的声音。

"你这样弄到什么时候去？我们都会被她传染的。还是给她剃个光头吧，斩草除根。"看热闹的邻居忍不住了。

"她是女孩啊。"

"长征路上的女同志为防虱子都剃光头，剃过光头后再长出的头发又黑又浓。"一个在厂工会工作过的居委会女干部发了声。

女人去隔壁邻居家借推子，结果引来了更多的邻居，既有大人也有小孩，跑过来看她给孩子剃光头。孩子坐在敞开的天井门口，一个穿了红毛衣的小姑娘从几个大人身边挤过来，挤到孩子身边。她的两根小辫子上系着红蝴蝶结，毛衣领口露出衬衫领子，领子上还缀着一道细细的花边。她很快奔回谁的身边，大家能清清楚楚地听到她捏着鼻子说："她身上的味儿很难闻。"

"这是我女儿，来，叫江姐姐。"

孩子用眼睛死死地瞪着大家。

"她刚从老家出来，走了很长的路，给她理完头，会给她洗个澡，换身干净衣服，这样她就和你一样，清清爽爽啦。"

一个体型丰满、怀里还抱着个婴儿的女人接了话，说她家里有老大以前穿过的衣服，都洗得干干净净让太阳晒过，很卫生，她会找些出来送过来。

孩子默默地低下头。凉凉的剃头推子贴着脖子贴着发根往上推，她感觉头皮麻麻的，她尴尬地听见那个小姑娘喊："她变成了一个小光榔头，哈哈！"

用推子推出的光头上剩下些头发茬，女人看了又看，说："好像剃个小光头也不难看嘛！"

大家看着孩子的新发型直笑，都说蛮好看蛮好看。直到回进家门，孩子的眼泪才掉下来。女人当没看见，她从楼梯下的阴暗角落里提出一只木头澡盆，再罩上一只塑料罩，又去弄堂口老虎灶拎回一铜吊滚烫的开水，先往澡盆里倒上冷水，再兑上热水，用手试了试水温后，直起身给站在一旁的孩子脱去衣服。"我要把你洗得干干净净！""要像秋风扫落叶一样，一点老坑都不放过。"孩子闭上眼睛，感觉着手掌的拍打推揉。水凉了，又加进热的。最后女人端来一脸盆热水，顺着她的脖子、肩膀缓缓地倒下。

清洁工作总算大功告成。衣服也已经送来。女人用一条长毛巾擦干她，一件件拿起对着她比划大小。衬衫上打着补丁，但是颜色是好看的粉红，裤子有点大，"我就知道"，女人嘟哝着，"先穿两天，过两天带你去买布做新的。"袜子很合适，可邻居没有送来鞋，只好又让孩子穿上原先那双黑布鞋。这时孩子也许意识到了它们的脏，她扭着身子，不情愿地把脚伸了进去。

通过江志萍的个人相册，我猜测她离过婚。她比我大四岁，我住进嘉善路后，有好几年，她放学后就来我家。我养母让她在我们的饭桌上做作业，让我在另一边写写画画。我在线订的小本子上画三角画线条，有时也写写自己的名字。可她夺去我的长城铅笔，把我名字的正确写法划掉了。她从书包里掏出一盒蜡笔，"你的脸真黑，我给你画了你就好看了。"她往我脸颊画上两坨红，还从铅笔盒里掏出一块小镜子让我照。我养母应该看到这一幕，但在过了那么长时间之后，我们谁都不记得我到底为此哭过没有。但我养母记得她为什么叫江志萍。据她说，江志萍的母亲在生她之前反复做着同一个梦：面对着一片湖水，水面上漂着许多浮萍。"浮萍没有根，所以总是在水上随意漂，她妈给她名字起坏了。"我不知道她现在过得究竟怎样。我把个人相册从头翻到尾，从二〇一五年的十月一直看到了二〇一三年的二月。

　　过去她很好看，是我们那片棚户区数一数二的。现在，她长长的黑头发变成了染得枯黄的短发，皮肤比过去还要苍白，但是上面多了好些斑。看到后来，我终于分辨不出她的面孔。她变得只剩下一块苍白的白，一副美瞳，整个人，似乎都曝光过度了。

　　我肯定不是因为她比我好看许多而讨厌她。有时她给我一颗大白兔奶糖，然后露出微笑，凑到我耳朵边轻轻问我："你还记得你亲生的爸爸妈妈吗？"我肯定重复着"记得"两个字。我记得我们下了船，走在一条漫无尽头的路上，有那么一刻我闹了起来，我妈妈给了我一根香蕉。江志萍的眼睛特别亮地盯着我，我感觉到了什么，闭上嘴，低下头。"你是曹家姆妈从垃圾桶边上捡来的。他们都不要你了。"有好几年，我们之间重复着这个"游戏"。一开始我还哭哭，后来我决定要和她"斗智斗勇"，我打算用用这个新学会的词。"垃圾桶边上？"我嘟哝得漫不经心，她简单地上了当，"对，垃圾桶边上。""你怎么知道的呢？"我装出若有所思又恍然大悟的样子，"你看见了吗？哦，你就在那边上。你喜欢到垃圾桶边上立壁角。"她迟疑了一下。我养母总说她是"聪明面孔笨肚肠"，因为她的学习成绩很差。"难怪你身上总有一股臭味，因为你喜欢待在垃圾桶边上啊。"

我其实记得更多。比如那座离田埂不远的屋子，那几口水塘，我还很想念那片田野。我养母带我去看的第一部电影是《牧马人》，我告诉她电影里的草原让我想起了我家。她后来只带我去永嘉路383号的上海电影译制厂。她总是有办法搞到两张内部票。我没有告诉我养母，我一直记得我的名字。我的第一个名字，只在一篇小说里用过。孙静三。每次在心里默念这个名字的时候，我总有一种身处民国的感觉。这个名字还是那个名字，对我而言，真的重要过吗？不，一点也不重要。谁能对自己的身份确定？牌子上即使写着我的真实名字、真实出生日期、真实父母姓名，那样一对父母，我也永远认不出了。

傍晚时男人回来了。"让她跟谁睡？"男人问。

"当然跟我睡。"

男人的实木大床在楼下，用一个长长的橱柜隔开饭厅，一架细细长长的梯子抵住墙角，通向楼上女人的卧室。几天后，女人就用搁板给孩子做了一排书架，加上一张小小的书桌。孩子在七岁入学前接受的大部分教育都是在那张书桌前完成的。

晚饭已经准备就绪。一大早去菜市场挑来的鲤鱼做成了糖醋鱼，一盘炒青菜，一碗西红柿蛋汤。女人招呼孩子坐在自己身旁，男人坐在饭桌另一边。

吃饭过程中，女人好几次替孩子夹菜，用鼓励的眼神看着她，孩子慢慢说出更多的事。孩子的爸爸在种薄荷，还用土法提炼薄荷油。孩子描述，在屋子外头置一口大锅，烧开水煮叶子。一大锅薄荷叶子，最后能提炼出三到五斤薄荷原油。

"所以她家收入应该不错?"男人看看女人。

"嗯,一年收薄荷是两季。这种油水分离的法子,很简单也很实用。"

"她有两个姐姐,他们肯定是为了生男孩。"

听到"生男孩"三个字,孩子的脸立刻显得怒气冲冲。这孩子真像个攻击性很强的小动物,女人想,不过,现在她是自己的女儿了。女人的眼神非常温柔。

吃完饭,女人带孩子上楼看了看。天井一隅种着的无花果树,枝桠一直生长到了二楼窗前,它们纵横交错,有时看起来随意舒展,有时看起来张牙舞爪。她觉得孩子会害怕,但孩子却安静地站着不动。她轻轻打开窗,孩子走到窗前扒着窗框向外望去。头顶是深蓝色的夜空,没有云朵,那些枝桠在月光下上下颤动,重重叠叠的鹅掌状三瓣大叶子闪烁个不停。

她看着这些叶子,摸了摸孩子的光头。她想着明天要去逛逛百货商店,给孩子挑盏美丽的台灯,放在床头柜上。现在放在床头柜上的那盏太简易了,一根电线、一条弯管、一只灯泡、一架灯座,连个灯罩都没有。得找件美丽的东西陪伴她,她想。

孩子被换上女人的棉毛衫裤,平平地放在从此也属于她的软软的床上。床单很干净。

在万籁俱寂中,孩子聆听着各种各样的声响。一只猫飞快踩过屋顶上的瓦片,车铃在弄堂深处响了一声,一扇房门吱吱呀呀地被打开或者关上,愿意做她妈妈的女人在她身边发出了轻轻的鼾声。她听了一会那有规律的一起一伏,舒服地摊开小胳膊小腿,几乎立刻就睡着了。

早晨,孩子在女人身旁醒来,发现自己的脑袋垫在她的臂弯上。

那一天，女人带她仔细参观了天井。丝瓜架下的花坛里，女人种了好几种植物。有凤仙花，有人参花，有田七，还有几株月季。绿色的叶子茂茂盛盛，小虫子在泥土里若隐若现。花坛边摆着一把椅子，女人在椅子上坐下，把孩子抱到自己腿上，指着那棵树告诉她："这棵树，叫无花果树。夏天的时候，它会结出很甜的果子。是我失去孩子时种下的。我在那个时候才知道，我再也不能生小孩了。我种这棵树，是为了纪念那个小男孩。不过这是个秘密，别人都不知道。"她带着点疑虑看了看孩子，孩子的头低着，她好像总是在看地上的蚂蚁。"其实，无花果也是有花的，只不过它的花很隐蔽，它的花，是在果子里面。夏天到了我会给你摘个果子下来，我会掰开给你看看，里面发红的吃起来甜甜的那部分，全部都是无花果的花。"

孩子抬起头，看着那些树叶。

"每天我都会看看这棵树，我不会忘记他，我永远不会忘记他。他在我肚子里活了七个月，短短的七个月，他总共就活了那么长。"她垂下头，把下巴搁在孩子的头顶上。"他比你先来，但是我发誓，我对你，不会亚于对他。"

孩子在那天有了自己正式的学名：亚男。

和江志萍，我们只有过一次友谊的电光火石。我读小学后，我养母发现我和她都在同一所平江路小学，有时她身体不舒服，就会让我跟着江志萍一起上学放学。有一次她抢走了我头上的帽子，把它扔到了树上。有一个雨天，她让我跟着她在水塘里跳，泥点溅了我一裤子，甚至都甩到了书包上，回家后我挨了我养母一顿批。还有一个下午，她建议我躲到肇嘉浜路街心花园的水泥管里。"为什么要我躲起来？""你妈妈要是真的爱你，她就能找到你。"她指的是我养母。很显然，我养母没能找到我。找得到还是找不到一个故意躲起来的人，根本就和爱没什么关系，这个道理我花了好久才弄明白。

尽管吃过她几次苦头，我还是喜欢跟在她后面。就像她的美在我们的日常生活之上一样，我仿佛觉得，跟着她，就可能过上另一种生活。棚户区的每一天都是灰暗的，她的红衣服给这个街区平添了一种她自己实际上并没有的活力和生机。一天放学后，她和我拐进弄堂，突然问我，"你认识某某吗？"我不认识。"他今天没来上课，我想去看看他，你来吗？"我们从弄堂中央的大路拐进小路，一个我不熟悉的棚户区内部的区域向我敞开了。那里离工厂区的大烟囱很近，天光特别黯淡，一路上都没有人，我们能听见自己的脚步声。有好几次，我感到自己已经没有勇气继续往前走了，小路弯弯曲曲，从一个岔路转向另一个岔路。在这种暗无天日的穿行里，我开始想念我养母种的那棵树，那些花。我想转身跑掉时她挽起了我的胳膊，我们甚至从一条睡在小路中央的土狗身上跨了过去。那条狗后来叫了几声。她一路找着门牌号码。在一条更狭窄的巷道口，她松开手，叫我等等她。我等在路边，看着她跑进去，有一扇门"咣"的响了一下。

有些细节我遗忘了。总之我再见到她时她似乎是一下子出现在我面前的，她僵立在那里，伸出手紧紧地抓住我的手，脸色煞白。我们俩紧紧地挨着挤着跑回了家。

她有没有说出"王八蛋"这三个字？回忆怎么才能证实？

她很快升了初中，我们那一片最差的嘉善中学。暑假的一天，她的裙裤两个口袋都鼓起来了，我发现她在里面塞满了从我家树上敲下的无花果。见我瞪着她，她微笑着对我说："曹家姆妈告诉我，你不爱吃，你是不是觉得太甜了？"她居然用非常温柔的语调同我说话。"会甜掉你牙的。"她摇摇头，匆匆忙忙地离开了。

她回来时，我正在无花果树和一把椅子中间一个人跳着橡皮筋，她把一本书递给我看，琼瑶的《窗外》，问我是不是读过这本书，我摇摇头。她靠着树干翻开了书。"你有秘密吗？"她突然问我。这么说她有秘密？我心里暗暗想。但她肯定不会把她的秘密告诉我。初中毕业后，她进了旅游职校。那一年，我小学毕业，考进了市重点。我们很少再见面。

　　还是我养母先发现了秘密：江志萍胖了一圈。她是来给我送冰砖的，他们家新买了冰箱，香雪海，单门，绿色的。她放下冰砖，拍拍我肩膀的时候，我感觉到了一股寒意。"你怎么胖了这么多？"我养母问。"最近吃多了……"她的脸也变圆了。我养母讶异地盯着她看。

　　再后来，我养母让我别再和她做朋友了，我也再没有那种忐忑不安的感觉。以前，她凑近我和我说话时，经常会被那种感觉攥住。再后来，我自己十六岁的时候，也干了他们大人嘴里所说的"坏事"。

　　有天我刷微信，看到江志萍更新了一句："我真希望这个世界能变得幸福一些。"在微信圈这个地方，我留下的记录屈指可数。我不太想留下行迹，不太希望别人明白无误地看到我的生活，但是看到这句话，我还是忍不住回复了一条：怎么了？

　　她很快给我发来了一段语音。说是要去做一个微创手术，问题不大。在我听着她声音的时候，一种不舒服的感觉越来越强烈了。十个月前，我自己也做了一个微创手术。

　　我养母来看我时我和她说了说。这大半年，她总来陪我。休养在家那段时间，她经常倒两部公共汽车，来我家陪我散步，说话。童年的那些记忆，就是在这样轻松友好的氛围里重新苏醒的。我养母沉默了一会儿，好像在寻找字眼。"我听她妈说，她后来离过两次婚，据说都是因为男方家里嫌弃她不能生育，怀不上孩子。"

　　我出院那天，是我养母来帮我办出院手续的。医生的语气很平和。"第一年每三个月复查一次，第二年每半年复查一次，第三年开始一年复查一次。四年里不能爬山，不能生小孩。"我以为我养母会着急问些问题，然而她只是频频点头，什么也没说。

　　我们沿着新华路边的别墅区随意走着，下午，路的深处，也是无边寂静。树木极多，光影晃动，半明半暗。"我当年就不该在院子里种棵无花果……"我朝我养母转过身子，但她看着围墙的另一边，我想，她是不是在避开我的目光。

　　"无花果，不吉利啊……她当时总溜进来摘……"她慢悠悠地说着话，"有一天我认识了一个风水先生，他说家里有女孩子的，就不要整那些攀援植物没根的植物，挂幅牡丹花开富贵最最吉利。"

　　我突然想起来，我也认识一个风水先生，他曾经建议我在家里放棵幸福树，任何人都可以放，他说。我打算一会就发个微信，告诉江志萍。

我想破解的秘密是我自己身上的软肋

——黄德海对话走走

黄德海：在你开始各类题材和文体试验之前，你的小说中心都是围绕自己的，所有的事情和感受，都是你感知或触碰的。我觉得你这部分小说写得细密流畅，几乎每一个心里的沟沟坎坎，轻微的变化，由轻微的变化导致的或平和或激烈的行为，都让人觉得准确，值得信任。在这些小说里，我甚至能看到一个勤奋不倦，甚至有些气鼓鼓地观察着自己，也捎带冷峭地看待着周围人的女性形象。写这些作品的时候，你处于一种怎样的心理或意识状态？

走走：写那些作品的时候我还年轻，和摇滚乐队混在一起，眼力所见，是对感官和身体的迷恋，是青春的身体叙事。那时如果我有很强的自我意识，也是一种自我保护。每周的乐队排练，或几月一次的小范围地下演出，我看到的是常换常新的乐手的女友们。二〇〇三年，我在《收获》（长篇专号）上发表了《房间之内欲望之外》，因此契机调进《收获》杂志社，前三年从事图书编辑出版。可以说，我那时才接触到大量当代中国作家的写作面貌。我编过阎连科、万方、陈丹燕等的丛书。再加上自己年纪增长，自恋式的情感慢慢淡化，也很难再沉溺身体，这时才有了焦虑感。可以说，我那时才开始有了小说的技巧意识。为了排遣这种焦虑感，我读了大量西方文学作品，还配套阅读了各种叙事理论书籍，通过在不同的短篇里实验不同的技巧，消解自己写什么、怎么写的惶惑与惘然。那批实验之作，就集中收在了《961213与961312》中。

黄德海：收入《961213与961312》的《写作》，很像是你走上写作道路的自传。我感兴趣的是，"我成为一个作家，那简直是命中注定"，经过了这么多年的写作，这个初心还在吗？

走走：这确实是一个接近于自传的文本。小说的第二段点明了我开始动笔的时间：九月二十五日下午；陈良宇。所以写作时间应该是在二〇〇六年，那年我二十八岁（这也是我写作时一个小小的习惯，会忍不住把时代背景以"硬广"的方式嵌入其中）。我那时已经出版了两个长篇，其中第二个还在《收获》(长篇专号)上发表了。本来应该再沾沾自喜一段时间，但是有一天，我的一个好朋友告诉我，另一个和我同期出道、同时也是我好朋友的女作家认为，我的"成功"来自我贩卖自己比较与众不同的童年经历。这样的议论让我痛苦了很长时间，我第一次思考"写作"和"我"的关系。所以《写作》这个小说是相当别扭的作品，前半部分仍然忍不住围绕自己的成长过程描绘了一些晦暗的童年生活，这样的童年让"我"感到压抑，压抑之际，"写作"找到了"我"；后半段转向写作这件事和"我"生活的互动，相互侵占；小说结尾，想过世俗生活的"走走"成功赶走了写作者身份的"走走"，但同时，她开始恐惧一个人时的孤单。没有了写作，此"走走"无法再在此岸的人间自处。所以我想说的是，"命中注定"的事是一种宿命，而不是初心。无法逃脱是宿命，念念不忘是初心。我一直觉得是写作选择了我，借我做一个临时的载体。

黄德海："从那天起，我的世界里其他东西都跌进了黑暗，只有一件东西奕奕不舍（生造词？）地发着光亮，那就是一种叙述的欲望，它有无数的变形，令我目不暇接，我想我的一生都会被它牵系住。"如果叙事是生命中唯一的光亮，足以抵挡其他的黑暗吗？人会不会不时陷入愁闷情绪？

走走："奕奕不舍"是生造词，整部小说中，写作这件事都被拟人化了，你可以想象他是多么容光焕发、神采奕奕，是和黑暗对抗的巨大力量。直到今天，他仍然是我可以完全信任、与我同在的存在，比任何人世的伦理关系都可靠。我的愁闷即使来自于他，那也是我能自主的愁闷，是我和他互动的结果。而生命中其他一切，都不是我能拥有的。

黄德海："写作就是出卖人，这话我经常挂在嘴边。"是出于相信还是反讽？"为什么我让爱我的那些男人提心吊胆呢？这问题倒值得好好研究。"坐实了问，研究的结果是什么？如果这并非虚构的问题，你怎么回答？或者曾经怎么想过？

走走：写作确实是在不断地出卖人。写《她她》那篇，我的好友看了开头就请求我不要再写下去了（我一直瞒着她，还是按照自己的初衷写完了）；我先生是法国人，很注重隐私保护，自从在我的文本里发现自己的身影以来，他基本不再和我聊他的过去，我写专栏期间他也不和我讨论与我专栏有关的问题。当然我出卖得最多的还是自己，从涉及身体的写作到涉及灵魂的写作，其实都在不断出卖。所以你看，写作又有点像魔鬼梅菲斯特了。

"为什么我让爱我的那些男人提心吊胆呢？这问题倒值得好好研究。"（男人应该扩大为人）这个问题我觉得我在最新的"棚户区"系列里慢慢形成了答案。"棚户区"的第一篇，我对人与人之间的爱是悲观的，自我与他人之间有着明确的界限。因此，"我"一旦意识到伤害可能存在，"我"就会先去伤害他人。随时拖着行李箱消失是"我"最擅长的，这是为什么"我"会让爱"我"的人提心吊胆的缘故；到了最后一篇，这种自保的界限开始模糊，"我"接受了作为他者的养母的爱。建立一种稳定的关系其实也是在放弃我对我自己的专制。

黄德海：我也看到别的作家说到小说家的不洁和冒犯问题。其实我很怀疑这种对小说的设想，在这样的声称里，小说写作者很像有某种窥私癖，把别人最隐秘的地方挖掘出来，成就小说。我觉得这里的问题是，当你把别人的生活写进小说的时候，对对方来说，那个生活就不再是他自己的，而是你小说的世界。能否设想一种小说的方式，在你写到别人的时候，别人反而更加心安？也就是说，从某种意义上，不是你打探到了对方的隐秘，而在通过写作对这一隐秘给予安慰？即，小说中写到的这个人、事可能是虚构的，却能给予明白此一事情曲折的真实的或虚构的人以切实的安慰，而不是带来不安？在我看来，写作也可以是清理自己的情感或郁积，而不是为了处理单纯的小说文本（当然，差小说不在此列）。你刚才提到的"棚户区"系列作品，我觉得已经在作这个尝试了。你有没有想过试着把写作这个系列体会到的东西，变换一下用在此前的作品中，把那些作品再想一遍（仅仅是想，不用重写）？是不是可以设想，那些曾经感觉被出卖的人，会同意你以现在的方式写他们？

走走：我觉得你所设想的方式是有某种天真的。我举《冷血》的例子吧，卡波特一开始是出于写作者的本能，觉得有东西可挖，于是决定通过研究杀人凶手来写书。在写书的过程中他确实安慰到了其中一个凶手贝利，也确实和他产生了真实的感情。但最终快写到结局时，卡波特明白了，只要贝利活着，他就不能写完那本书，为了成就文本，他开始拒绝贝利。我想说的是，文本从诞生开始是有它自己的生命的，而且它是贪婪的、吸血的。写作者是文本的人质。对应到文本里，那些被写的人，只有自己也来写，来发声，来造成自己的小世界，才有其完整性。我是钓鱼者，钓上鱼我才完整，我永远都不可能假装自己是鱼，理解鱼，即使我要钓的是我自己。文本先天要控制，和作者争主控权，它是天然带着吞噬性的。写作本身是一种行动，它不是静态地观看他人人生。不造成任何伤害的文本，不成其为文本。

黄德海：你说过，"小说写作是制造欲望或平息欲望"，可你小说中的人，制造欲望的多，平息欲望的少（平息欲望，不是变成死水一潭）。这或许就是我在读你这部分小说时，一面觉得很精彩，一面却有一种未尽之感的原因。如果像你所说，一个人其实永远不用外在的东西，只要反复钓自己也就足够了，可你还是需要"他者的故事"，为什么需要？

另外，你说到写作者是文本的人质，我听说过很多这种说法，这是要说，对小说中人物的走向，作者也没法控制吧？可是这里有个问题，你如何确认这个走向只是你自身的写作惯性还是真的人物的走向？如果无法辨别这个，所谓文本的控制，就有可能是反省不够。我觉得，只有在反省意义上写作，文本才慢慢消除它仿佛先天而来的贪婪和嗜血，从而"自保的界限开始模糊"，跟世界建立另外的联系。

走走：制造了欲望却不负责平息，这和我这个写作者当时的写作年龄有关。欲望都是自私的，忘记责任的。现实生活中当时我还处于只为自己高兴的阶段，文本也是充满欲求的，这种无辜的自私肯定得不到满足；顺着时间线看我的文本，会觉得实际行动的部分越来越少，也就是说，目前我已经过了需要通过那些来体验人生的阶段。至于你的未尽之感，我觉得，欲望只对自己有意义，与他人是有距离的，这也许也是为什么没有一个文本，能让所有人满足的缘故。

为什么我需要他者的故事？因为我最开始是想当自己人生的旁观

者，这样能避免人生的痛苦。但我发现，自己的人生如果没有他人作为参照，是无法激发起旁观时的情绪的。但是他人的故事一旦开始书写，就会出现一种明确的抵抗。所以我其实只期望自己的写作精神获得别人的认可，作品本身我从不抱期望。

黄德海：你不久前写的"棚户区"系列，我觉得是一个很大的变化。在你此前的作品中，只存在一个青春期和青春期过后不久的女孩的童年，她对童年最大的看法是怨怼——如果不是那样，怎么会有这样的"我"？这样一个郁郁寡欢、心思复杂、跟社会格格不入的"我"？如果我们把青春期的问题往童年上归因，大概谁都会得出这样的结论。但在"棚户区"系列作品中，我看到一个越过了青春期障碍，开始出现一个童年、少年和青年时期复合在一起的童年，这个童年，像你自己说的，"'我'接受了作为他者的养母的爱。建立一种稳定的关系其实也是在放弃我对我自己的专制"。青春期视角下的童年，整个社会仿佛都欠着自己，其实那不过是一种随突然长大而来的幻觉，等这种对抗性幻觉消散，你对自我的保护也好，你所谓的对自我的专制也好，就慢慢放松了，一个经过反思的童年阶段出现了。这样的童年，就可以避免你朋友所说的出卖童年的嫌疑。你想过没有，你在哪种童年里，自己和被写的人更多地得到了安慰而不是冒犯？联系你前面文本掠夺性和嗜血性的话，你怎么看待这些作品？

走走：应该说，内心活动最接近童年原貌的，肯定是我早期的那些。最新的"棚户区"系列，很多是从我养母口中听来的关于我的童年故事。早期的作品，我只能从我唯一拥有的自己的记忆与情感中去捕捉我以为的事实，所以是向内的写作。很遗憾我那时太年轻，没能由此对生命本质有所领悟。我养母身上有很多值得一写的故事，当年金宇澄说，"你只要写好你妈妈就够了"，当时我心气盛，觉得那是利用题材之便，他说过后我便再也不碰。

写这组的时候自己生了场大病，和养母年轻时的大病经历有所重叠，我们两个都向对方有所敞开，我也开始向外的写作。这一次的系列里，我回看我长成的生命故事，交织进她的人生。其实孩子的人生，也是母亲的人生。另外生病本身也让我意识到，就像我出生后被丢弃一样，在我自己的意识之外，总有其他力量存在。所以写着写着，我也明白到：我不只是我以为的一个人。我也和我笔下我曾经相处过、曾经认识过的任何人，任何不好的但我必须接受的事物一起生活。我们总是和他人一同生活，我们和他人的相处方式塑造了我们，实际上再构了我们。可能是因为认识到了这一点，这组文本同时向内又向外，有了一种妥协。

另外，我觉得无论是"棚户区"还是早期的那些，其实都谈不上安慰或是冒犯，安慰或冒犯，都是基于"自己是与众不同"这一点，都有某种居高临下。我只能说，我自己得到了满足，因为我真诚地描述了和自己有过交集的众多他人的生活。

黄德海：所谓的内心活动和童年记忆，并不是一个所谓的客观存在，而是可以被不断理解的一段经验，你理解到什么程度，这个童年就起什么作用。我从"棚户区"系列里看到的，是此前的不少怨愤情绪被清理了，其实等于在写作中重新过了一次童年，更新了童年经验。比如你写作过程中意识到的，"我不只是我以为的一个人"。"我们总是和他人一同生活，我们和他人的相处方式塑造了我们，实际上再构了我们。"写作，就是驯养这些他人以及自己，跟这些人"建立感情联系"。对我来说，这才是真正的"向内写作"，认知他人，认识自己，进一步梳理自己的来路，这不是一种好的写作方式吗？

走走：其实我不觉得早年的怨愤有什么不好。我今天也没法自信地说，我真的放下了那一个个瞬间，一幕幕我从未遗忘过的场景。如果你觉得我清理了，不是我重新过了童年，而是我讲述的能力提高了，它们随着我平和的诉说而看似变了样。今天的我有足够的写作能力将事情重新排列组合，使它们符合我需要的结局。但事实上，我不愿意更新自己的童年经验。我明知它在哪里。我现在只是在它周围种上树，种上花，我清清楚楚地看着它说谎，但是别人不知道。

我觉得很难描述这种说谎的比喻。我描述了他人的生活没错，因为我无视了那部分自己。我没有掩盖，但我现在是以"其实并没有发生什么"的态度在说。这其实也是一种说谎。写这一组的几个月里，我自己的精气神不算强悍，而且我真的想去了解自己的生命。也许这个阶段的文本改行茹素？我没有感觉到它对我的掠夺和压榨。也许因为我明白了生命状态就是与他人、他物共存，所以我必须努力和他们／它们建立起责任关系，我学着善待我养母，也善待我身体，焦虑感有所减轻。当然这也使我怀疑：它们到底是散文还是小说呢？

黄德海：你关于文体的担忧，我觉得是过虑了，或者这种担忧根本上是一个误解。我们现在太容易把自己归为某种文体的写作者，好像小说天生跟随笔有差别，随笔又跟论文有差别，论文又跟什么什么有差别。我觉得这是后置的概念影响了写作，写作应该没有这么多条条框框，一个介于虚构和非虚构的作品，一个不知道是散文还是小说的东西，只要是一种尝试［随笔（essai）一词的本义］，那就是好作品，至于属于小说，属于散文，属于随笔，跟写作者本身无关。对我来说，我才不管一个作品该归入哪一类，它只要给了我启发，我受益良多，这就够了。"努力和他们／它们建立起责任关系，学着善待养母，也善待我身体，焦虑感有所减轻"，我觉得这就是好的写作。

　　走走：希望你说的是对的，这也会给我的写作一点鼓励。对现阶段的我来说，重要的是看清这个时代"永恒的当下"，目前我的力量还有所欠缺，所以只能靠时间空间的转换来消解掉一些写作能力的问题。从这个角度继续深化，将良知、敏锐呈现出来，是我可以走下去的一条路。另外我觉得遗憾的是，直到目前为止，我很多文本只停留在嘲讽、批评阶段，还没有写出自己的世界良图。我认为美好的、干净的、正直的心理空间，应该是什么样的风貌呢？这也许也和你批评我的，"取法乎中，仅得其下"有关。如果能"取法乎上"，我也许也会呈现出不一样的写作视野。

二〇一六年八月

图书在版编目（CIP）数据

棚户区：仿佛童年　似乎爱情／走走著.—上海：
上海文化出版社，2016.9
ISBN 978－7－5535－0607－4

Ⅰ.①棚…　Ⅱ.①走…　Ⅲ.①散文集—中国—当代
Ⅳ.①I267

中国版本图书馆 CIP 数据核字（2016）第 176710 号

上海文化发展基金会 资助项目

责任编辑　赵光敏
装帧设计　叶　珺

出　　版　上海世纪出版集团
　　　　　　上海文化出版社
地　　址　上海市绍兴路 7 号
邮政编码　200020
网　　址　www.cshwh.com
发　　行　上海世纪出版股份有限公司发行中心
印　　刷　上海昌鑫龙印务有限公司
开　　本　889×1194　1/32
印　　张　4.5
版　　次　2017 年 1 月第一版　2017 年 1 月第一次印刷
国际书号　ISBN 978－7－5535－0607－4/I.174
定　　价　25.00 元

敬告读者　如发现本书有质量问题请与印刷厂质量科联系
电　　话　021－62038726